임진왜란의 참화 속에서 피어난
영원히 시들지 않는 조선의 꽃

[장편소설]

성녀
줄리아 오다

장상인 지음

INNOGEN

조선에서 태어나 고니시 유키나가(小西行長)에 의해
일본으로 잡혀간 후 고난의 길을 걸었던 '줄리아 오다!'
일본을 천하 통일한 도쿠가와 이에야스(德川家康)와 당당히 맞선 그녀는
조선의 꽃이자 하느님의 자녀였고, 신앙심으로 다져진 성녀(聖女)였다.
임진왜란과 정유재란을 거치며 일본의 도요토미 히데요시와 도쿠가와
막부 시절에 이르기까지 역사의 뒤안길에서 벌어진 애틋하면서도 교훈적인 이야기-

이 한 권의 소설 속에 조선 여인의 정절과 신앙심이 오롯이 담겨있다.

한·일 수교 60주년을 맞아 양국이 과거의 아픔을 털어버리고
미래로 나아가는 하나의 좌표가 될 것이다.

〈목 차〉

〈프롤로그〉.. 4

제1장. 숙명의 길.. 9

제2장. 아! 조선! 37

제3장. 성모님의 품으로... 57

제4장. 종전(終戰)...101

제5장. 불행의 서막..117

제6장. 두 갈래 길...143

제7장. 유배자가 되어...175

제8장. 질곡의 세월들...201

제9장. 종언(終焉)..217

• 줄리아 오다의 발자취를 찾아서...................................225

〈프롤로그〉

　도요토미 히데요시(豊臣秀吉)는 규슈의 나고야(名護屋)에 조선을 침공할 진지를 구축했다. 그리고 15만 8700명의 정규 육군 병력으로 대군을 편성했다.

· 고니시 유키나가(小西行長)가 이끄는 제1군 1만 8700명,
· 가토 기요마사(加藤淸正)의 제2군 2만 2800명,
· 구로다 나가마사(黑田長政)의 제3군 1만 1000명,
· 모리 요시나리(毛利吉成)·시마즈 요시히로(島津義弘)의 제4군 1만 4000명,
· 후쿠시마 마사노리(福島正則)의 제5군 2만 5000명,
· 고바야카와 다카카게(小早川隆景)의 제6군 1만 5000명,
· 모리 데루모토(毛利輝元)의 제7군 3만 명,
· 우키다 히데이에(宇喜多秀家)의 제8군 1만 명,
· 하시바 히데카쓰(羽柴秀勝)의 제9군 1만 1500명이었다.

　이 밖에 구키 요시타카(九鬼嘉隆)와 도토 다카도라(藤堂高虎)의 수군 9000명이 해전에 대비했고, 미야베 나가후사(宮部長熙) 등이 이끄는 1만 2000명이 후방에서 경계 태세를 취하고 있었다.

이와 같이 임진왜란에 동원된 병력은 병참 부대를 포함해 총 20여만 명에 이르렀으며, 일본 규슈의 나고야 기지에도 13만 명이 배수진을 치고 있었다.

"왜군들이 몰려오고 있습니다."

1592년 4월 14일 오후 5시, 고니시 유키나가(小西行長)가 인솔한 제1군이 병선 700여 척에 나누어 타고 부산 앞 바다에 까마귀 떼처럼 무리지어 몰려왔다.

파죽지세...

고니시의 부대는 부산진에서 승리한 후 조선 관군의 저항을 받지 않고 양산·밀양·청도·대구·선산을 거쳐 상주에 이르렀다.

쓰시마(對馬)에서 대기하던 가토(加藤)의 제2군은 고니시 부대가 부산 전투에서 승리했다는 승전보를 받고 4월 19일 부산에 상륙했다. 경상 좌도를 택해 장기·기장을 거쳐 좌병영 울산을 함락하고, 경주·영천·신령·의흥·군위·비안을 제압한 후 풍진을 넘어 문경으로 빠져 중로군과 합세해 충주로 돌진했다.

"상감 마마! 왜군이 대거 한양으로 진격하고 있습니다."

"뭐라? 왜군이 쳐들어왔다는 말인가?"

왜군이 대거 침입했다는 급보가 한양에 전달된 것은 임진왜란이 터진 지 나흘째 되는 날이었다.

"이일을 순변사로 삼아 조령·충주 방면의 중로를, 성응길(成應吉)을 좌방어사에 임명해 죽령·충주 방면의 좌로를, 조경(趙儆)을 우방어사로 삼아 추풍령·청주·죽산 방면의 서로를 방어하도록 하라!"

"유극량(劉克良)을 조방장으로 삼아 죽령을 지키게 하고, 변기(邊璣)를 조방장으로 삼아 조령을 방어토록 하라. 전 강계부사 변응성(邊應星)을 경주부윤에 임명하라."

하지만 왕이 아무리 명령을 내려도 전의를 상실한 조선 군대는 속수무책이었다. 성을 통째로 왜군에게 내어주는 형국이었다.

산천초목도 백성도 잠든 4경(새벽 2~4시). 세상은 잠들어 있었으나, 왕실은 목숨줄을 잇기 위해 비굴한 행차를 하고 있었다. 1592년 4월 30일 새벽에 벌어진 일이었다.

선조대왕과 왕비, 세자들이 한양을 버리고 피난길에 오른 것이다. 임금은 말을 탔으나 수행 관원들은 흐트러진 대오로 갈팡질팡 돈화문을 나와 돈의문으로 빠져나갔다. 조선 왕의 행차라고 하기에는 초라하기 그지없었다. 눈치 빠른 양반들도 앞다투어 성을 버리고 도망가기에 바빴다.

"어서 서둘러라. 왜군이 쳐들어왔다. 빨리 저 산으로 올라가자!"

"집을 버리고 산으로 도망가다니요?"

"집이 문제냐? 임금님도 궁을 버리고 어디론가 피신하셨다."

세상에 비밀은 없는 법. 임금이 궁을 비우자 소문이 삽시간에 한양 전체로 불길처럼 퍼졌다. 경복궁·창덕궁·창경궁이 불길에 휩싸이고, 노비들이 문서 창고에 불을 지르며 물건들을 훔쳐 또 다른 전쟁이 벌어졌다.

김시양은 이런 모습을 보고 길게 탄식했다.

"왜적이 한양에 쳐들어왔는데 백성들은 창고의 물건을 훔치려고 궁궐을 불태우다니… 이 나라 백성이 맞단 말인가!"

임진강을 건넌 왜군은 3군으로 나누어 북상했다. 고니시 군대는 평안도 방면으로 진격해 6월에는 평양을 점령하고 그곳을 본거지로 삼았다.

한편 함경도로 진출한 가토 군대는 함경도 감사 유영립(柳永立)을 체포했고, 병사 이혼(李渾)은 반민에게 피살됐다. 함경도로 들어간 임해군과 순화군도 반민에게 포박돼 적에게 인도되는 등 모두 적의 손에 들어갔다. 황해도로 들어간 구로다(黑田)군은 해주를 본거지로 삼고 대부분의 마을을 초토화시켰다.

그러나 6월 이후 8도 전역에서 의병(義兵)과 승군(僧軍)이 무능한 관군을 대신해 왜군을 격파함에 따라 희미하게나마 희망의 등불이 커지기 시작했다.

뒤이어 1592년 12월 25일, 명나라의 이여송은 3만 대군을 이끌고 압록강을 넘었으며 이듬해 1월 6일 평양성을 포위하기에 이르렀다. 도원수 김명원이 지휘하는 8000여 명의 조선 군사도 합류했으며, 휴정과 유정이 이끄는 2000여 명의 승군도 대동강 남쪽에 진을 쳤다.

이 소설은 역사적 사실을 바탕으로 했지만, 임진왜란의 전쟁사가 아니라 그 시대에 있었던 한 소녀, 아니 한(恨)많은 한 여인의 삶의 궤적을 중심으로 엮은 것이다. 실화를 바탕으로.

제1장
숙명의 길

고맙기 그지없다. 빛의 하느님

태초에 새 빛으로 세상 이루고

날마다 빛으로써 날 정하시니

고맙고 고마워라, 빛의 하느님

줄리아 오다는 어린 시절 밤하늘을 바라보면서 할머니(막달리나)와 나누던 대화가 떠올랐다.

'하늘로 올라간 칼리스토가 곰이 되기 전보다 더 아름답게 빛나자, 질투의 여신 헤라는 이를 질투하였고, 바다의 신 포세이돈에게 부탁하여 이들이 물을 마시지 못하게 해달라고 부탁했다. 결국 이들 모자(母子)는 북극의 하늘만 맴돌았다.'

'제가 아직 어려서 자세히는 모르겠지만, 참으로 슬픈 이야기네요, 할머니!'

'그래. 네 말이 맞다. 인간은 자기 자신이 모르는 가운데 죄를 범할 수 있단다. 그래서 항상 하느님께 기도하고, 반성하면서 살아야 한다. 너도 언제나 하느님과 함께 살아야 한다는 생각을 버리지 말아야 한다.'

'네, 할머니. 명심할게요.'

자신이 할머니 나이가 되어서야 비로소 할머니가 했던 말씀의 의미를 이해할 수 있을 것 같았다.

'과연 나는 항상 하느님께 기도하고 반성하면서 살아왔을까?'

독백이었으나 회한(悔恨)이 서린 목소리였다. 줄리아는 성서를 펼쳤다. 코헬렛 3장을 읽었다.

"하늘 아래 모든 것에는 시기가 있고, 모든 일에는 때가 있다. 태어날 때가 있고 죽을 때가 있으며, 심을 때가 있고 심긴 것을 뽑을 때가 있다."

• 1652년의 어느 화창한 봄.

줄리아는 어린 시절 세례를 받을 때 모레홍 신부로부터 받은 묵주를 손에 쥐고 '예수님께서 우리를 위하여 십자가에 못 박혀 돌아가심을 묵상합시다'를 가늘게 읊조리고서 눈을 감았다.

'줄리아야! 어서 오너라!'

저 먼 높은 곳에서 고니시 장군과 할머니와 어머니, 그리고 세스페데스 신부와 빈센트 권이 손짓하고 있었다. 순간, 어디에선가 은은한 성가가 들려왔다. 성가는 '찬미의 기도'였다.

저 동편 하늘 환히 밝아오고,
새들은 깨어 노래 부른다.
저 풀잎에 찬 이슬.
고요한 아침 다 함께 모여 경배 드린다.

어두운 밤 지나 찬란한 이 아침.
나 삶의 그늘 벗어나리라.
저 하늘 드맑고 참 아름다워,
잠 깨면 기뻐 주와 만나리.
시달린 이 몸 고달파서 쉴 때,
나 눈을 감고 주를 뵙는다.
저 땅 위의 참 기쁨 새롭게 솟아,
나 주와 함께 길이 살리라.

성가는 섬사람들이 그동안 많은 은혜와 가르침을 준 줄리아를 경배하며 부른 노래였다. 줄리아의 영혼은 섬사람들의 성가를 뒤로하고 하늘나라로 날아갔다. 갈매기들이 무리 지어 멀리 하늘까지 배웅했다.

***

1592. 4.14일 고니시 유키나가를 선봉으로 왜군은 조선을 침범하여 파죽지세로 한양을 거쳐 평양성까지 치고 올라갔으나 관군과 수많은 의병들의 항전과 명군의 도움으로 조선은 전세를 뒤집어 가고 있었다. 반면 고니시 유키나가의 왜군은 패전의 기로에서 평양성에 고립되어 후방으로의 퇴각을 준비하고 있었다.

역사의 수레바퀴를 그 당시의 평양성으로 되돌려 본다.

《1》

• 1593년 1월 8일

"장군! 병사들이 모두 지쳐있습니다. 무기도 대부분 파손되었으며, 식량 창고들도 불에 타고 말았습니다. 더 이상 버틸 수가 없습니다. 아군이 주둔하고 있는 후방으로 지체없이 퇴각해야 합니다."

평양성에 주둔하고 있는 고니시의 부장들은 목이 터지도록 고니시에게 후방으로의 후퇴를 간언했지만 고니시는 침묵으로 일관했다. 그러다가 마지못해 무겁게 입을 열었다.

"아니다. 비겁한 행위나 도망치는 것을 무엇보다도 싫어하는 것이 다이코(太閤: 도요토미 히데요시)가 아니더냐? 결사 항전하다가 여기서 명예롭게 죽는 길 외에 다른 도리가 없다."

"그렇지 않습니다. 장군! 명나라군과 조선군이 내일이라도 다시 공격해온다면 저희는 전멸하고 말 것입니다. 또한 평양과 한양 사이에 있는 아군도 조선군의 공격에 대비해 방어 태세만 유지하고 있어서 원조를 받을 형편이 아닙니다."

"너희들이 말하지 않아도 상황을 익히 알고 있다. 또한 살고 싶은 너희들의 심정도 안다. 난들 어찌 살고 싶지 않겠느냐? 하지만, 다이코의 총애를 받지 못하고서 불명예를 안고 살아간다는 것은 생각조차 하기 싫다."

"장군! 우리가 모두 전사하는 것은 더 나쁜 결과를 초래합니다. 적에게는 사기를 북돋아주고, 후방에 있는 우리 병사들의 사기도 저하시키고 말 것입니다. 후방의 군대들이 줄줄이 패하거나 항복을 한다면 다이코에게 더 큰 불명예를 안기는 것입니다. 결단을 내려주시기 바랍니다."

"…"

"장군! 장군!"

고니시는 '부장들의 간언이 백 번 옳다'는 것을 알면서도 쉽게 결정을 내리지 못하고, 눈을 지그시 감고 있었다.

"장군! 아니, 형님! 부장들의 말대로 하시지요. 막사도, 곡식 창고도 모두 불타 버려 잠을 잘 곳도, 밥을 지을 쌀도 없습니다. 일단 살아야 후일을 도모할 수 있습니다."

고니시의 친동생 고니시 유키카게(小西行景)가 간절하게 건의했다. 그는 누구보다도 믿는 부장이자 혈육이기에 간언의 수위가 높았다. 그런데도 고니시의 침묵이 길게, 아주 길게 흘렀다. 천근만근 무거운 눈꺼풀을 뜬 고니시가 입을 열었다.

"한양으로 철수한다!"

"장군! 큰 용단을 내리셨습니다. 현명한 판단을 하셨습니다."

"보루에 깃발은 그대로 두고 횃불도 평소처럼 밝히도록 해

라. 부상자와 포로들도 가능한 한 모두 데리고 간다. 소란스러운 행동을 하지 않도록 각별히 유의해라. 저들이 '퇴로를 보장한다'고 했어도 믿을 수가 없다. 우리가 후퇴하는 것이 적에게 노출되는 순간 목숨을 걸고 싸운다. 철저히 대비토록 하라."

"네! 장군!"

고니시가 이끄는 왜군은 평화 교섭에 실패하고, 역으로 이여송(李如松)이 이끄는 명나라와 조선의 4만 여 연합군에게 완전히 포위당한 상태였다. 평양성은 조선과 명나라의 연합군이 쏘아대는 대포에 의해 식량 창고와 무기 창고가 모조리 불에 타고 말았다. 더구나, 혹독한 추위로 고난을 겪던 왜군은 남으로의 후퇴를 결행했다. 그런 와중에도 고니시는 병마에 시달리고 있는 규슈(九州)의 영주 아리마 하루노부(有馬晴信)을 찾았다.

"그래, 몸은 어떠한가?"

"도무지 나아지지 않고 있습니다."

"아니, 몸 전체가 불덩이가 아닌가."

"저의 몸은 상관없습니다. 지난번 말씀드렸던 바와 같이 후퇴 이외에는 어떠한 방안도 없습니다. 큰 결정을 내리셨습니다. 잘 하셨습니다."

"그렇지만 마음이 편치 않네."

"아닙니다. 너무 자책하시지 마십시오. 그리고…장군! 저를 버리고 가십시오. 후퇴하는 데 제가 큰 짐이 될 것입니다."

"무슨 말인가? 짐이라니? 주님께서 '수고하고 무거운 짐 진 자들아! 다 내게로 오라. 내가 너희를 쉬게 하리라'고 하시지 않았던가. 곧 나을 것이네. 그리고, 모든 병의 치료는 약이 아니라 본인의 의지에 달려 있다네."

"장군께 누가 될까 봐 걱정이 되어 그렇습니다."

"그렇지 않네. 그대를 포기하지 않겠네. 끝까지 지킬 것이네. 천주님께 맹세하겠다."

고니시는 세례명이 프로타지오인 아리마(有馬) 영주 아리마 하루노부(有馬晴信)와 굳게 약속했다. 아리마는 고니시의 따뜻한 마음에 감동해 눈물을 흘리면서 가슴에 성호를 그었다. 아리마의 강한 종교적 신념과 고니시의 보살핌 때문이었을까? 시간이 흐를수록 아리마의 병세가 눈에 띄게 호전되었다. 작은 배려가 언젠가는 더 큰 은혜로 돌아오는 법. 후일 아리마 하루노부는 고니시의 딸 마리아에게 큰 은혜를 베풀었다.

고니시의 예상은 틀리지 않았다. 평양성을 퇴각하는 순간 명나라 군대와 조선군의 대대적인 공격이 있었다. 평양성은 다시 불바다가 되고 말았다. 평양성에서 벌어진 일진일퇴의 전황 속에서 계속되는 총성과 함성 소리에 놀라 혼비백산. 앞다투어 어디론가 달아나던 사람들, 왜군의 총칼에 쓰러진 사람들, 말발굽에 밟혀서 짓이겨진 사람들... 아비규환(阿鼻叫喚)이 따로 없었다.

"퇴각하라! 퇴각하라!"

왜군에 있어 결사항전은 무리였다. 이미 대세가 기울어져 있었기 때문이다. 대장 고니시도 '걸음아, 날 살려라!' 하고 달리는 말에 채찍을 가했다.

"잠깐!"

목숨이 왔다 갔다 하는 급박한 상황 속에서 고니시는 불길 속에서 울고 있는 한 여자 아이를 발견하고 말의 고삐를 당겨 멈춰섰다.

"저 아이를 구하라!"

"네? 어떤 아이 말씀이십니까?"

"저기, 불길 속에서 울고 있는 여자아이 말이다."

"아? 네. 잘 알겠습니다, 장군!"

불길 속의 사지에서 길을 잃고 울고 있던 여자아이는 고니시에 의해 이렇게 목숨을 건지게 되었다. 그때의 고니시는 싸움터에서 호령하던 무서운 장수가 아니라, 자상한 아버지의 모습이었다.

"너의 이름이 무엇이냐?"

"…"

아이는 무서워서 벌벌 떨 뿐 입을 열지 못하고 고개만 좌우로 저었다.

"이름을 모르는 모양입니다." 옆에 있던 부장이 고니시에게 말했다.

"알았다. 저 아이를 데리고 가자."

"네? 데리고 가서 어떻게 하시려고요?" 이번에는 고니시의 부장이 반문했다.

"저 아이를 쓰시마(對馬)의 마리아에게 보내야겠구나. 아이가 나이는 어려도 무척 영특해 보인다."

"네! 장군!"

쓰시마의 마리아는 고니시의 딸이다. 고니시가 그냥 지나쳤다면 아이는 불에 타 죽든지 아니면 군사들의 말발굽에 짓밟히고 말았을 것이다.

옆에 있던 고니시의 말을 묵묵히 듣고 있던 쓰시마의 소 요시토시(宗義智)도 묵시적으로 동의했다. 소 요시토시는 몇 해 전 고니시의 딸 마리아와 결혼함과 동시에 '다리오'라는 세례명을 가진 24세의 젊은 장수였다.

"네. 아버님! 저도 마리아에게 특별히 당부를 하겠습니다."

"그래. 고맙다. 저 아이가 내 눈에 띈 것도 어쩌면 주님의 뜻인지도 모르겠다. 그런데, 저 아이가 품속에 가지고 있는 것이 무엇이냐?"

"잘 모르겠습니다. 불길 속에서도 놓치지 않으려고 애를 쓰고 있었습니다."

고니시는 아이를 불러서 물었다.

"그래? 얘야! 네가 품속에 가지고 있는 것이 무엇이냐?"

아이는 품속에서 반쯤은 그을린 책 한 권을 고니시에게 내밀었다.

"아니? 이건 의서(醫書)가 아니냐?"

눈이 휘둥그레해진 고니시가 아이에게 물었다.

"아니? 네가 이 책을 읽을 수 있느냐?"

아이는 대답 대신 고개를 끄덕였다. 말을 못 알아들어도 분위기상 무슨 말인지 이해할 수 있었기 때문이다. 고니시는 놀라서 입을 다물지 못했다. 아이가 의서를 읽는다는 것 자체가 커다란 충격이었기 때문이다.

"놀라운 일이로다. 주님의 뜻이야."

아이와 고니시의 숙명적인 만남은 이렇게 시작되었다.

***

왜군이 평양에서 철수할 때 평안도 체찰사 유성룡은 황해도 방어사 이시언과 김경로에게 명을 내렸다.

"고니시와 겐소(玄蘇)를 반드시 생포하라."

"명을 받들겠습니다만, 그리 간단한 문제는 아닙니다."

"아니! 지금이 기회야. 절호의 기회란 말일세."

김경로가 추격을 꺼리고 머뭇거리는 사이에 고니시와 겐소가 멀리 도망가고 말았다. 이들을 붙잡을 수 있었던 기회를 놓치고 만 것이다. 한편, 황해도 봉산을 장악하고 있던 오토모 요시무네(大友吉統)의 가신(家臣) 시가 고자에몬(志賀小左衛門)이 황급히 군영으로 뛰어들었다.

"장군! 큰일 났습니다. 고니시 장군이 패해서 할복자살을 준비하고 있다고 합니다."

"뭐라고? 고니시 장군이 할복을 준비해? 누가 그러더냐?"

"평양성에서 도망쳐 나온 병사로부터 들었습니다."

"큰일났구나. 우리도 여기서 빨리 벗어나야겠다."

오토모 요시무네 부대도 남으로 도망치고 말았다. 그러나, 그것은 잘못된 첩보였다. 구사일생으로 봉산에 도착한 고니시 일행은 깜짝 놀랐다. 성이 텅텅 비어 있어서다.

"아니, 웬일인가? 성이 텅 비어 있지 않느냐?"

"저희가 패했다는 소식을 듣고 오토모 요시무네 장군이 지레 겁먹고 도망을 친 모양입니다."

"이런, 이런... 그렇다면 구로다 나가마사(黒田長政)가 있는 황해도 백천(白川)으로 가자."

"네. 장군!"

고니시는 병사들을 이끌고 다시 남하했다. 그곳도 불안하기는 마찬가지였다. 명군의 추격이 계속되고 있었기 때문이다. 설상가상으로 명군보다 더 강한 적이 있었다. 다름 아닌 한파와 굶주림이었다. 다들 배도 고픈데 날씨는 왜 이토록 매서운 것인가. 모진 찬바람은 뼛속까지 파고들었다. 그래도 강물이 얼어있어서 다행이었다. 이는 고니시 군에게 행운이기도 했다. 얼음장 위에 짚과 거적을 깔고 건널 수 있었던 것은 조선군으로부터 훔쳐 배운 탁월한 지혜였다. 언 강을 건너자 다시 눈길이 나왔다. 어려움의 연속이었다.

"눈길을 걷는 것도 쉬운 일이 아니군요."

"중국과 조선군은 가죽신을 신었잖아. 우리는 짚신을 신었고..."

패잔병 신세가 된 병사들의 수군거림은 현실 그대로였다. 짚신을 신은 왜군 병사들의 발가락은 얼어서 떨어져 나갈 지경이었다. 고니시 일행은 다시 구로다 부대와 함께 고바야카와 다카카게(小早川隆景)와 깃카와 히로이에(吉川廣家)의 주둔지인 경기도 개성으로 퇴각했다. 하지만, 거기에서도 오래 머무르지 못하고 곧장 한양으로 향했다.

기세등등, 파죽지세로 한양을 점령하고 평양까지 내달렸던 그 기백은 어디로 갔단 말인가. 1만 8,700명의 군대가 절반 가까이로 줄었고, 장수와 일반 병사 가릴 것 없이 피골이 상접한 상거지의 형색이었다. 강추위가 기승을 부린 1593년 1월 17일의 일이다.

한양으로 퇴각한 고니시는 그동안 있었던 일들을 떠올리면서 몸을 뒤척이다가 깊은 잠에 빠져들었다.

"고니시야!"

"아니? 아버님 아니세요?"

"그래. 마음에 없는 전쟁에 참가해서 고생이 많구나!"

"아닙니다. 아버님! 아버님의 임종도 지켜보지 못한 불효자식을 용서해 주세요."

"아니다. 나는 주님의 품안에서 잘 지내고 있단다. 전쟁이 없는 평화의 나라에서…"

"전쟁이 시작되기 전 규슈의 나고야에서 병을 얻으셨잖아요."

"그래. 오르간티노 신부를 초청해서 참회와 성찬식을 가졌다. 늦게나마 하느님의 자녀로 다시 태어난 거야. 얼마나 다행인지 모르겠구나."

"네. 아버님! 저도 소식을 들었습니다."

조선과의 전쟁 중에 아버지가 돌아가셨다는 소식을 들었지만, 귀국할 여건이 되지 않아 임종을 지키지 못한 고니시의 꿈에 나타난 아버지의 모습은 너무나도 평온하고 행복해 보였다.

고니시의 아버지는 금 2천 냥을 교토에 있는 교회에 기부하라는 유언을 남기고 세상과 작별했다.

오르간티노 신부는 누구인가.

이탈리아 선교사인 오르간티노(Organtino Gnecchi-Soldo/Gnecchi-Soldi, 1533-1609) 신부는 전국 시대 말기 일본에서 선교 활동을 했다. 그는 많은 일본인으로부터 존경받고 30년을 교토에서 보내면서 오다 노부나가와·도요토미 히데요시 등의 권력자들과 가깝게 지냈다. 격동의 시대를 살면서 온갖 상황을 목격했던 인물이다.

***

아직은 어두운 여명.

전쟁으로 폐허가 된 대지 위로 봄비가 추적추적 내리고 있었다. 한때 3,000여 명의 기병을 거느렸던 권(權) 장군이 몇 안 되는 군졸과 가족들을 이끌고 피난을 가고 있었다.

피난길의 혼란 중에 가족으로부터 떨어져 길을 잃은 12살의 사내아이는 기병대장의 아들이었다. 소년은 산길을 헤매다가 멀리 왜군의 군영을 발견했다. 소년은 바람에 펄럭이고 있는 십자 문양이 새겨진 깃발에 호기심이 갔다.

"아니? 적장의 깃발치고는 자애로운 모습이네!"

"뭐라고? 적장의 깃발이 자애롭다고? 말도 안 되는 소리 하지 마라."

"아니예요. 우리가 알 수 없는 어떤 빛이 서려 있는 것같아요. 근처로 가서 확인해보고 싶어요. 저를 좀 데려다주세요."

사내아이는 같이 길을 잃은 친척 어른에게 말했다. 어른은 야만스런 왜군이 득실대고 있는 진영으로 가보고 싶다는 어린 아이의 말을 무시하려 했으나, 뭔가 이상한 기운에 휩싸여 아이를 왜군 막사까지 데리고 갔다. 막사는 다름 아닌 천주교 신자 고니시의 군영이었다. 군영 앞에 이르자 한 병사가 검문을 했다.

"정지! 누구냐?"

"조선인입니다. 산에서 길을 잃었습니다. 장군을 뵙고 싶습니다."

"여기서 기다려라."

잠깐의 실랑이가 있었으나 병사는 고니시에게 보고했다.

"장군! 방문자가 있습니다."

"뭐라? 방문자가? 이유는 무엇이더냐?"

"조선의 사내아이가 무조건 장군을 알현하고 싶다고 합니다."

"아니? 사내아이가 제 발로 여기를 찾아왔다고?"

"그렇습니다. 장군!"

"그래? 이유가 뭐라고 하더냐?"

"그냥 막무가내로 뵙겠다고 합니다."

"허허. 이상한 아이로다. 들여보내라."

친척의 손을 잡고 고니시의 막사를 찾은 사내아이. 소년은 이렇게 고니시와의 만남을 통해 후일 주님의 은총 속에 살아가게 된다.

'저 아이를 아마쿠사(天草)의 시키(志岐)로 보내 신학 공부를 시켜야겠구나.'

고니시의 생각이다. 시키는 구마모토현 아마쿠사 하도(下島)의 북부에 있는 마을로, 도미오카만(富岡灣)에 이어지는 시키강 하구에 위치한다. 아마쿠사를 대표하는 중세의 호족 시키(志岐)의 근거지에서 근세에 도미오카 성이 축성될 때까지 아마쿠사 하도(下島) 북부의 중심이었다. 이곳은 많은 선교사들의 근거지이기도 했다.

그곳에는 옛날에 덴쇼 아마쿠사(天正天草)라는 전투가 있었다. 고니시 유키나가(小西行長)와 가토 기요마사(加藤淸正) 군에 의해서 영주 시키(志岐)가 멸망했음에도 불구하고, 고니시의 통치하에 이 지역은 천주교가 부흥했다. 히데요시(秀吉)가 천주교 탄압을 하는 중에도 그가 조선 침략 준비에 여념이 없었던 관계로 천주교의 박해가 손을 미치지 못했던 것이다. 그런 관계로 1592년도 아마쿠사(天草) 지방에는 60여 개의 교회와 3만 3천 명에 달하는 천주교 신자가 있었다.

《2》

• 1593년 2월 어느 날

성주님이 나셨네.

발걸음도 사뿐사뿐,

옷자락 살랑살랑 향기가 넘치네,

벌, 나비 모여들어 향기 따라 춤을 추네.

쓰시마(對馬)의 가네이시(金石) 성주 소 요시토시(宗義智)는 노래가 유행할 만큼 섬 여인들의 흠모의 대상이었다. 그런데, 우도(宇土)의 다이묘(大名)인 고니시의 여식이 시집을 와서 그토록 흠모하던 성주를 꿰차고 말았다. 낙심천만(落心千萬). 섬 여인들의 실망은 이만저만이 아니었다. 그래서일까. 쓰시마 여인들은 고운 눈길과 질투의 눈길을 한데 모아 나이 어린 마님의 일거수일투족에 관심을 집중시켰다.

"마님이다. 마님이야!"

"나이도 어린데 어떻게 저리 고울까?"

"고니시 장군의 따님이니까 그렇지."

"어린 나이에 이 섬으로 시집온 것도 불행한 일이지."

세례명이 마리아인 그녀는 섬 여인들의 수군거리는 소리를 귀담아듣지 않았다. 아직은 바람이 차가운 2월 어느 날. 고니시의 딸 마리아는 아버지의 전갈을 받고 부두로 나갔다. 공교롭게도 남편 소 요시토시(宗義智)가 전쟁터인 조선으로 돌아가는 날이기도 했다.

"건강히 잘 다녀오세요. 아버님께도 안부 전해주세요!"

"그래요. 잘 다녀오리다."

남편 소 요시토시를 태운 배가 가물가물 멀리 사라지자 다시 커다란 군선(軍船)이 나타났다. 마리아는 바닷바람을 맞으면서 부두에 섰다. 소금기를 잔뜩 머금은 바람에서도 짠맛을 느낄 정도였다. 마리아의 기모노 옷자락이 바람결에 거칠게 펄럭였다.

"바람결이 차갑구나. 아직도."

"네, 마님! 아직은 겨울입니다. 성으로 돌아가시죠. 이제 장군의 배도 안 보입니다."

"아니다. 기다려야 할 사람이 있다."

"저 배는 포로들이 잔뜩 타고 있는 군선이잖아요?"

"그래. 군선 안에 귀한 손님이 있단다."

"손님이라니요? 마님! 귀한 분이 오시나요?"

"글쎄다. 만나 봐야 알겠지."

마리아는 도요토미 히데요시의 무모한 전쟁으로 인하여 많은 사람들이 서로 죽고 죽이며, 포로들을 멀리 유럽으로 보내는 거래를 하는 야만적인 행위에 대해 고뇌하고 있었다. 그러면서 이 전쟁이 하루빨리 끝나기만을 바라고 있었다.

'이 전쟁이 빨리 끝나야 할 텐데…'

"부웅- 부웅-"

군선의 도착을 알리는 뱃고동 소리가 울렸다. 뱃고동 소리는 군선의 커다란 몸체와는 달리 애달프기 그지없었다. 배가 부두에 도착하자 조선 포로들의 울부짖음이 밖으로 새어 나왔다. 정처 없이 어디론가 끌려가야 하는 애달픈 통곡이었다.

'참으로 가슴 아픈 일이로다. 사람을 노예로 만들어 사고 판다는 사실 자체가…'

잠시 후 5-6세쯤으로 보이는 여자아이가 병사의 손에 이끌려 두리번거리며 부두로 걸어 나왔다. 마리아는 직감적으로 아버지가 보낸 아이라는 것을 알 수 있었다.

"어서 오너라! 아버지의 편지대로 참으로 영특하게 생겼구나!"

"…"

마리아는 아버지 고니시가 보낸 편지를 받고 조선에서 오는 여자아이를 마중하러 나갔던 것이다. 아이는 주변을 살피기만 할 뿐 아무 말이 없었다.

"예쁘기도 하구나. 너의 이름이 무엇이더냐?"

"…"

아이는 고개만 좌우로 흔들 뿐 여전히 입을 열지 못했다. 일본어도, 이름도 모르기 때문이었다.

"바닷바람이 차갑다. 어서 성(城)으로 데리고 가자꾸나."

"네, 마님!"

마리아는 시녀와 함께 아이를 가네이시성(金石城)에 데리고 갔다. 성은 그리 멀지 않은 곳에 있었다. 성 입구에 핀 빨간 동백꽃들이 아이를 반기는 듯했다.

"동백꽃들도 미소로 아이를 반기는구나. 이 아이를 목욕시키고 새 옷으로 갈아 입혀라."

옷이 날개라고 했던가. 아이는 순식간에 귀족 가문의 딸이라고 해도 손색이 없는 고운 모습으로 달라졌다.

"분명 조선의 양반집 가문의 여식일 터!"

"마님! 아이가 너무 곱습니다."

"그렇구나."

마리아에게 있어서는 얼마 전 쓰시마로 온 권(權) 씨 성을 가진 사내아이에 이어서 조선 아이와의 두 번째 만남이었다. 아버지 고니시는 얼마 전 사내아이 두 명을 포로들과 함께 보내왔다. 하지만, 포로는 아니었다. 한 명은 제 갈 길을 찾아가도록 했고, 권(權) 씨 성을 가진 아이는 규슈 아마쿠사(天草)의 시키(志岐)로 보내졌다. 양아들 겸 신학 공부를 시키기 위한 아버지의 깊은 뜻이 있었기 때문이었다.

여자아이는 새로운 환경 변화에 놀라서인지 아무런 말도 하지 않았다. 아니, 할 수가 없었다.

'세월이 약이다. 모든 것이 주님의 뜻대로 하나하나 제자리를 찾아갈 것이다.'

마리아는 아이를 다그치지 않고 자연스럽게 새로운 환경에 적응하도록 배려했다. 아이는 마리아와의 보살핌으로 먹는 것, 입는 것 어느 하나 불편한 것이 없었다. 하루, 이틀, 사흘… 날이 거듭될수록 아이는 일본의 언어와 예법을 바르게 익혀 나갔다.

《3》

완연한 봄날이 왔다. 마리아는 시녀들과 가네이시 성(城)의 뒤편에 있는 시미즈산(淸水山)에 올랐다. 조선에서 온 여자아이도 데리고 갔다. 산길에는 민들레가 노란 꽃을 피우고 있었고, 파릇파릇 새싹들의 속삭임이 봄의 운치를 더했다. 산에는 진달래가 울긋불긋 만발해 있었다.

날아라, 날아라.
멀리 조선까지 날아라.
조선까지 날아서 쌀을 가져오너라.

섬 아이들이 옹기종기 민들레 홀씨를 날리면서 부르는 동요였다. 쓰시마에서는 잘 알려진 동요였으나 마리아는 처음 듣는 노래라서 시녀에게 물었다.

"저 아이들이 부르는 노래가 무엇이더냐?"

"쓰시마는 산림으로 뒤덮인 섬이라 쌀이 나지 않습니다. 그래서 쌀을 모두 조선에서 사 오고 있습니다. 예로부터 내려온 구전 동요를 아이들이 부르는 것입니다."

"예로부터 내려오는 구전 동요? 단순한 동요가 아닌 듯하다. 쓰시마가 예로부터 조선의 혜택을 많이 받지 않았더냐. 조선과 잘 지내야 하는데... 지금 전쟁을 하고 있구나."

아이는 마리아와 시녀가 주고받는 대화를 정확하게 이해하지 못했으나 분위기는 알 수 있었다. 아이는 길 옆에 피어있는 민들레 홀씨를 하나 꺾어 아이들처럼 입으로 훅 불었다. 하얀 홀씨들이 바람을 타고 멀리 날아갔다.

'조선까지 날아가서 부모님의 소식을 가져오너라.'

아이가 입 밖으로 소리를 내지는 않았으나 마음속에서는 큰 울림이 되어 허공에 메아리치고 있었다. 눈치 빠른 마리아가 아이에게 다가가서 민들레에 대해 이야기했다. 조선어를 아는 시녀가 서툰 통역으로 두 사람의 의사소통을 도왔다.

"얘야! 꽃도 예쁘고 홀씨도 멋스럽지?"

"네, 마님!"

"그래. 바람에 꽃씨를 날려서 번식시키는 것도 신비스러운 일이지만, 좋은 약재로 쓰인단다."

"네? 민들레가 약재로 쓰인다고요?"

"맞아. 민들레의 뿌리는 좋은 약재로 쓰이지."

"길가에 흔하게 피어있는 민들레가 아주 소중한 식물이네요?"

"그렇단다. 아주 유용한 식물이지. 이 세상에서 유용하지 않은 물건은 하나도 없어."

어려서부터 천정에 매달린 약봉지(藥碾)를 바라보면서 자란 고니시 마리아는 집안 분위기에 젖어 자연스럽게 약재에 대해 잘 알고 있었다. 그런 연유로 마리아의 시녀들도 약초에 대한 기초 지식을 지니고 있었다. 아이도 약재에 대해 평소 관심이 많았던 터라 마리아의 말을 하나도 놓치지 않고 열심히 들었다.

성주의 마님이지만 아직은 동심의 세계를 벗어나지 못한 마리아가 민들레 홀씨를 입으로 불어 멀리 날렸다. 민들레 홀씨는 아이가 날린 것보다 더 멀리 날아갔다. 마리아가 다시 입을 열었다.

"민들레는 겨울에 줄기가 죽어 없어지고 사람들이 밟고 다녀도 봄이 되면 이렇게 힘차게 살아난단다."

"아주 강한 생명력을 지니고 있네요, 마님!"

"어떠한 어려움 속에서도 꿋꿋하게 살아나는 백성과 비슷하다고 해서 민초(民草)라고 부르기도 한단다. 자신을 멀리 날려 버리는 바람에게도 불평하지 않고."

아이는 마리아의 말이 너무 어려웠다. 하지만, '깊은 뜻이 있다'는 것을 마음으로 느끼고 있었다. 아이는 이렇게 약초와 사람이 살아가는 의미에 대해서 익혀 나갔다.

자연의 섬 쓰시마에는 실제로 많은 약초들이 자라고 있었다. 비파나무 열매, 만병초, 황칠나무, 어성초 등 모두가 약재였다.

"아이야. 쓰시마에는 여러 가지의 꽃이 춘하추동 섬 전체에 만발한단다. 일본 전체를 통틀어 가장 아름다운 섬이지."

"그래요? 어떤 꽃들이 피나요?"

"진달래꽃과 이팝나무 꽃이 장관이지."

"이팝나무는 모르겠지만 진달래꽃은 알 것 같아요. 산에서 동무들과 그 꽃을 따 먹던 기억이 어렴풋이 생각나요."

마리아는 바다를 바라보았다. 봄바람 따라 작은 물결을 일고 있는 푸른 바다가 더없이 아름다웠다.

'일본과 조선의 관계도 저 물결처럼 잔잔하고 아름다우면 얼마나 좋을까.'

마리아는 바다와 아이를 번갈아 바라보면서 깊은 생각에 잠기기도 했다.

어느덧 달이 휘영청 밝은 밤이 되어 방안으로 달빛이 스며들었다. 마리아는 먼지가 자욱한 거문고(고토)를 꺼냈다. 달빛이 그녀를 동심의 세계로 불렀기 때문이다. 마리아가 거문고 줄을 당기자 아름다운 선율이 흘러나왔다. 거문고의 선율과 함께 마리아의 두 뺨에 눈물이 주르르 흘러내렸다. 시녀들도, 아이도 밤이 이슥하도록 거문고의 가락에 젖어들었다. 그런 가운데 아이는 조선을 떠나 쓰시마로 오는 동안 배 안에서 있었던 광경을 떠올렸다.

'저 많은 사람들은 어디로 끌려가는 것일까.'

배 안의 사람들은 모두 왜군들에게 붙잡혀 조국을 떠나 어디론가 끌려가는 사람들이었다.

"어린 것이 어디로 간다는 말인가?"

그런 험하고 힘든 상황에서 어디론가 끌려가는 자신들의 비참한 처지를 잊어버리고, 자기를 걱정해주며 자신들의 겉옷을 벗어 덮어주었던 도공 아저씨와 할아버지들의 다정다감한 모습들을 아이는 잊을 수가 없었다.

'아저씨! 할아버지! 감사합니다. 살아 있는 한 언젠가 또 만날 수 있을 거예요. 꿋꿋하게 살아남으세요.'

쓰시마에 머물면서 일본의 예법을 익힌 아이는 2년쯤 후 규슈(九州)로 보내졌다. 규슈의 우도성(宇土城)에서 살고 있는 고니시의 부인이자 마리아의 어머니인 쥬스타가 기다리고 있었다. 쥬스타는 아이가 불길 속에서도 품에 안고 있었다는 의서(醫書)를 보고서 혀를 내둘렀다.

'아! 어린 것이 이토록 어려운 의서를 읽다니!'

제2장
아! 조선!

《1》

• 1593년 12월 27일

"오늘은 성 요한 사도의 축일(San Juan Evangelista)입니다. 하느님의 가호로 이렇게 조선 땅에 무사히 도착하였습니다. 참으로 의미 있는 날입니다. 주님의 계시에 의한 숙명적인 걸음이기도 하고요."

조선 땅을 처음 밟은 예수회(Jesuit) 소속 그레고리오 드 세스페데스(Gregorio de Cespedes)가 성호를 그으며 한 말이다. 불혹을 갓 넘긴 42세의 신부. 그는 하느님께 기도하면서 자신보다 나이가 많은 수사(修士)인 한칸 레온(Hankan Leon)을 바라보면서 말했다. 수사는 신부보다 연장자이면서도 깍듯한 예우를 갖추며,

"그렇습니다, 신부님! 하느님의 가호입니다."

"아주 가까운 거리라고 생각했어요. 때문에 날씨가 좋고 바람을 잘 타면 하루도 걸리지 않을 것으로 생각했지요. 그런데, 가까운 거리인데도 풍랑으로 인해 죽다가 살아나지 않았습니까?"

"이 또한 주님의 가호입니다. 그런데, 신부님! 기록에 의하면 조선인은 야만족이며 미개하다고 인식되어 있습니다만…"

"아닙니다. 조선에 대한 정보가 없어서일 것입니다. 기록과 달리 조선은 느낌이 아주 좋은 나라입니다."

"그렇습니까?"

"일본이 중국과 교류하기 훨씬 이전부터 중국과 교류해온 왕조입니다. 베일에 싸인 이 나라에 저희가 첫발을 내딛는 감격적인 순간입니다."

"그런데, 신부님! 어떻게 해서 일본에까지 오시게 되셨나요? 오늘은 또 조선까지 오셨지만요."

"하느님의 부르심이지요. 저는 스페인의 마드리드 태생입니다. 그곳 살라망카 대학에서 공부를 하던 중 하느님의 은총으로 예수회에 입회하게 되었지요. 신학 공부를 할 무렵 인도의 고아(Goa)에 갔습니다."

"인도의 고아요? 거기에서는 얼마 동안 계셨나요?"

"약 일 년 반 있었지요. 거기에서 신부로 서품을 받고 일본에 왔습니다. 모두가 하느님의 부르심으로 생각하고 있습니다."

"참으로 대단한 하느님의 역사이십니다."

세스페데스(Gregorio de Cespedes) 신부-

스페인의 마드리드에서 출생한 포르투갈의 가톨릭 신부이다. 그의 아버지는 당시 마드리드 시장이었다. 18세가 되던 해에 살라망카에 있던 예수회 신학교에 입학했으나, 사제가 될 생각보다는 당시 학문의 중심인 살라망카 대학에서 수학하기 위해

들어갔다. 그러던 중 그는 선교사가 되기로 결심하고, 1569년 예수회에 입회했다. 1571년 아빌라에서 처음으로 하느님께 서원했고, 후일 신학 공부를 시작할 무렵 동인도로 가서 선교 활동을 펼쳤다.

세스페데스 신부가 한칸 레온과 이런저런 대화를 나누고 있을 때 한 장수가 배 안으로 들어왔다.

"신부님! 어서 오십시오. 무사히 조선 땅에 도착하셨군요."

그들을 반갑게 맞이한 사람은 고니시의 부장이었다.

"자, 내리시지요. 일단, 숙소로 가서 쉬시지요."

"고맙습니다."

"저녁 식사때 함께 할 사람이 있습니다."

"누가 오시나요?"

"히비야 헤이에몬(日比屋兵右衛門) 님과 고니시의 동생이신 고니시 유키카게(小西行景) 님입니다."

"참, 고니시 장군은 지금 어디 계시나요?"

"3일 전에 이곳으로부터 6-7구레아(36-42km) 떨어진 곳에 도착하여 주둔해 계십니다. 장군도 곧 신부님을 찾아오실 것입니다. 그때까지 여기에 머물러 계십시오."

세스페데스 신부는 임시로 마련된 숙소에 여장을 풀고 그들로부터 지금까지의 전시 상황에 대해서 들었다. 세스페데스는 그들이 돌아간 다음 자리에 누워 눈을 감았다.

'낯선 나라 조선에 온 것도 분명 하느님의 역사이리라...'

얼마나 어려운 뱃길이었던가. '세스페데스' 신부는 수사 한칸 레온과 함께 일본 예수회 준 관구장인 '베드로 고메스(Pedro Gomez S.J)' 신부의 지시에 의해 조선을 향해서 떠났었다. 성탄절에 맞추기 위해서 12월 초 규슈의 나가사키(長崎) 항을 출발했다. 그리고, 조선과 가까운 거리에 있는 높은 산에 올라가면 조선이 보인다는 쓰시마(對馬)에 며칠 동안 머물렀다.

그리고....

성탄 4일 전 '세스페데스' 신부 일행은 우렁찬 뱃고동 소리를 토해내는 60여 척의 함대의 대열에 끼어 조선을 향해 떠났다. 함대는 푸른 물결을 야심차게 갈랐다. 순간, 뜻하지 않은 복병을 만났다. 배도, 인간도, 송두리째 삼켜버릴 듯 한 무서운 폭풍이 갑자기 몰려왔던 것이다. 폭풍은 거칠었다. 칠흑 같은 어두운 바다에서 파도와 싸우면서 밤을 지새운 세스페데스 신부 일행은 다음 날 동이 틀 무렵 어딘가에 이르렀다.

'아뿔싸!'

당초 출발했던 쓰시마의 항구가 아닌가.

"다시 쓰시마로 돌아오고 말았군요. 다른 배들은 어떻게 되었나요?"

"모르겠습니다. 저희 배밖에 보이지 않습니다."

"이런, 이런 낭패가…"

실제로 15-20척의 배는 파도 따라 어디론가 흘러가 버렸고, 일부는 일본으로 되돌아갔다. 또한, 사나흘 바다에서 표류하던 배들은 조선 땅으로 가기도 했으며, 이도 저도 아닌 배들은 드넓은 바다에서 행방불명이 되어 버렸다.

세스페데스 신부는 난생 처음 이와 같은 거친 풍랑을 만났다. 스페인에서 인도를 갈 때도 동남 아시아를 갈 때도 이런 일은 결코 없었다. 그리 멀지 않은 조선과 일본 사이의 바다는 예측 불허의 격랑의 바닷길이었던 것이다. 두 나라의 운명처럼.

'도저히 잠을 이룰 수가 없구나.'

세스페데스 신부는 낯선 나라에 첫발을 내딛었기 때문인지 도무지 잠을 이룰 수 없었다. 이리저리 몸을 뒤척이다 보니 어린 시절의 추억들이 가물가물 떠올랐다.

그는 어려서부터 온화한 성격이었다. 하지만, 엄격한 가정교육과 예수회의 교리 영향으로 원칙주의가 부지불식간에 몸에 배었다. 그런 가운데서도 대학에서 문학과 교회법을 공부하면서 깨달은 것이 있었다. 그의 일관된 생각은 '침략 전쟁의 부당성'이었다.

'그래. 어떠한 이유가 있을지라도 전쟁은 부당하다. 강한 자가 약한 자의 나라를 침략하고, 그들을 수탈하는 것은 있을 수 없는 일이다. 하루빨리 이 전쟁이 끝나야 한다.'

그러면서 그는 다시 잠자리에서 일어나 펜을 들었다. 일본의 준관장 '베드로 고메스(Pedro Gomez)' 신부에게 편지를 쓰기 위해서다.

'신부님! 저희는 마침내 조선에 도착하였습니다. 오늘은 공교롭게도 성 요한 축일입니다. 하느님의 가호 덕택입니다. 저희의 최종 목적지인 웅천(熊川)은 이곳으로부터 10-12레구아 떨어져 있어 즉시 그곳으로 갈 수가 없었습니다.

조선에서 일어나는 사건들을 간단히 종합해보면 평화가 금방 이룩될 것 같지는 않습니다. 왜냐하면, 평화를 제의했던 중국의 중요한 인물인 심유경(沈惟敬)이 당초에 허락하기를 원했던 것보다 더 많은 것을 요구해온 것 같기 때문입니다.

...웅천성은 난공불락의 요새로 조만간에 완성되리라 여겨지고, 놀랄 만큼 거대한 방어 작업이 추진되고 있습니다. 아우구스티누스(小西行長)의 부하들과 맹우들인 귀족들이 야영하고 있는 성(城)에 높은 방어벽들과 망루, 튼튼한 초소들을 세워 놓았습니다.

...1레구아 주위에 여러 요새들이 있었는데, 아우구스티누스의 동생인 도노메도노 베드로(小西行景)가 있었으며 다른 한 곳

에는 아우구스티누스의 사위 쓰시마 영주인 '다리오(宗義智)'가 장악하고 있습니다. 또 다른 곳에는 시코쿠(四國) 지방 4왕국의 영주들이 머물고 있으며…'

　세스페데스 신부는 일본을 출발해서 조선에 이르기까지의 상황을 일기를 쓰듯 자세하게 기록해 자신의 조선 방문을 허락한 베드로 고메스 신부에게 보냈다. 이 편지는 세스페데스 신부가 조선에서 쓴 첫 번째 편지였다. 며칠 후 웅천 성으로부터 전갈이 왔다. 밤늦은 시각이었다.

　"고니시 장군이 막 도착하셨습니다. 오늘은 밤이 너무 늦어서 내일 신부님을 방문하시겠다고 하십니다."

　"그러시죠. 내일 뵙도록 하겠습니다."

《2》

　고니시 유키나가(小西行長)
그의 세례명은 아우구스티누스이다. 고니시는 평양성에서의 후퇴가 왠지 마음에 걸렸다. 자리에 누워서 아무리 생각해도 태합 전하로부터 질책을 받아야 했기 때문이다. 이리저리 몸을 뒤척이면서 잠을 이룰 수가 없었다.

고니시에게는 별칭이 하나 있다. 천주교 다이묘이다. 기독교 집안인 관계로 어릴 적에 세례를 받은 독실한 천주교 신자인 고니시는 지금 조선 침략의 선봉장이 되어 전쟁을 계속하고 있으나, 그의 생각은 줄곧 전쟁의 종식뿐이었다.

애초부터 조선과의 전쟁을 반대했던 그는 명나라와의 평화 협상에 공을 들였으나 아직까지 성사를 시키지 못하고 있는 점도 가슴을 아프게 하는 고뇌였다. 그래서 전쟁으로 인해 정신이 쇠약해진 궁핍한 천주교 병사들을 위해 세스페데스 신부를 부른 것이다. 날이 밝자마자 고니시는 서둘러 세스페데스 신부를 찾았다. 고니시는 항상 손목에 묵주를 감고 있었다.

"신부님! 드디어 오셨군요. 오랫동안 기다리고 있었습니다."

"아! 장군님! 오랜만입니다. 전쟁터에서 얼마나 고생이 많으십니까?"

"풍랑이 심해서 오시느라 고생을 많이 하셨다고 들었습니다."

"쓰시마에서 잠시 머문 후 성탄절 전에 오려고 했습니다만, 풍랑을 만나 다시 회항하는 바람에 이렇게 늦게 도착했습니다."

"그래도 성 요한 사도의 축일(San Juan Evangelista)에 조선 땅에 오셔서 오히려 뜻깊은 방문이 되셨습니다."

"그렇습니다. 이 또한 주님의 은혜입니다. 특히, 저의 조선 방문은 큰 의미가 있습니다. 장군의 덕택으로요."

"네? 큰 의미라니요?"

"1571년 예수회 선교사 가스파르 비렐라(Gaspar Vilela) 신부가 조선의 선교를 계획하셨으나 좌절되고 말았지요."

"그런 일이 있었나요?"

"그때도 전쟁으로 인해 뜻을 이루지 못했다는 기록이 있습니다."

"참으로 알 수 없는 것이 주님의 뜻입니다. 이번에는 전쟁으로 인해서 신부님이 조선 땅을 밟으셨으니 말입니다."

"그런 셈이군요. 모든 것이 하느님의 은총이자 장군 덕분입니다."

"아닙니다. 신부님! 그런데, 저의 딸 마리아는 건강하던가요? 신앙생활도 열심히 하고요?"

"건강히 주님께 열심히 기도하고 있었습니다. 그리고, 장군이 일본으로 보내신 어린 여자아이도 만났습니다."

"평양성에서 후퇴할 때 불길 속에서 울고 있었던 그 아이 말씀이십니까?"

"아주 영리하게 생겼더군요. 쓰시마에서 마리아 님의 가르침을 받으면서 적응을 잘 하고 있었습니다."

"다행이군요."

"제가 짧은 기간이지만 쓰시마에 머무르는 동안 마리아 님의 신세를 많이 졌습니다. 마리아 님은 장군을 닮아서 설교 내용을 아주 잘 이해하셨습니다."

"그래요? 기특한 일이군요."

"그렇습니다. 기도를 할 수 있는 제단이나 모든 준비를 마리아 님이 완벽하게 해주셨습니다. 덕택에 쓰시마에서 20여 명의 지역 인사들에게 세례를 했습니다."

"참으로 잘하셨습니다, 신부님!"

"세례자들 중에는 쓰시마 영주의 가신도 네 명이나 함께 하고 있었습니다."

"그렇군요. 마리아를 15살의 어린 나이에 작은 섬나라로 시집을 보낸 것이 항상 마음에 걸립니다."

"그러시군요. 그래도 마리아 님은 그러한 내색을 전혀 하지 않으셨습니다."

"어미를 닮아서 외유내강이지요."

"그 결혼에 어떤 특별한 이유가 있었나요?"

"다이코 전하(도요토미 히데요시)가 조선 침략을 앞두고 조선의 사정을 잘 아는 쓰시마의 협력을 얻어내기 위한 일종의 정략결혼이었습니다."

"쓰시마 도주(島主) 소 요시토시(宗義智)가 장군의 사위가 되는데 있어서 그러한 사연이 있었군요. 그것을 흔쾌히 받아들이신 마리아 님이 대단하십니다."

"그래서 저의 마음이 항상 무겁습니다."

"모두가 주님의 뜻입니다. 다이코(太閤) 전하의 억압 속에서도 용기 있는 결단으로 작은 섬 쓰시마에 천주의 씨앗을 뿌리시지 않았습니까? 사위이신 소 요시토시 님도 마리아 님 때문에 천주교 신자가 되었고요."

"그렇기는 합니다. 사위 녀석도 '다리오'라는 세례명을 가지고 나름 신앙생활을 열심히 하고 있습니다. 신부님께서 그에게도 강론을 해주시기 바랍니다. 5,000명의 병사를 데리고 와서 저를 열심히 보좌하고 있습니다."

"네. 잘 알겠습니다. 그리고, 장군! 제가 쓰시마에 있는 동안 나이가 70세가 된 어부가 자신을 구해달라고 간절히 애원하지 뭡니까? 그에게도 세례를 해주었습니다. 주님의 빛이 어두운 곳곳에까지 스며들고 있다는 것을 느낄 수 있었습니다."

"참으로 은혜로운 일입니다. 더 많은 사람들이 주님의 보살핌을 받아야 합니다."

"훌륭하신 생각입니다. 장군은 많은 사람들의 귀감이십니다."

"아닙니다, 신부님! 신부님은 쓰시마에서 첫 선교를 하신 분으로 역사에 영원히 기록될 것입니다."

"과찬의 말씀이십니다."

"참, 제가 보낸 '권(權)'이라는 아이는 지금 어떻게 지내고 있나요?"

"지난해 12월 아마쿠사(天草)의 시키(志岐)에서 모레홍(Morejon) 신부님으로부터 세례를 받았습니다."

"참으로 잘 되었군요. 아주 잘 되었어요. 그 아이는 훌륭한 하느님의 종으로 성장할 것입니다."

"세례명은 '빈센트'입니다. 조선의 성을 붙여서 '빈센트 카운(권)'으로 부르게 되었습니다."

"빈센트 카운(권)이라? 히비야 헤이에몬(日比谷平衛門)의 세례명을 그 아이에게도 붙였군요. 좋은 세례명입니다."

한양에서 스스로 고니시 진영으로 찾아온 소년은 쓰시마를 거쳐서 당시 기독교가 융성했던 아마쿠사(天草)의 시키(志岐)로 갔다. 거기에서 세례명이 빈센트인 히비야 헤이에몬(日比谷平衛門)에 맡겨졌다. 그리고, 베드로 모레홍 신부에게 보내져서 일본 소년들과 동등하게 신학 교육을 받은 후 세례를 받았다. 그는 모레홍 신부의 지도 아래 신학 공부에 매진하면서 조선인과 일본인들을 위한 전도에도 혼신의 노력을 다했다.

평양성까지 진격하다가 후퇴하여 웅천성에 칩거하고 있던 고니시는 오랜만에 만난 세스페데스 신부와 긴 시간을 가졌다. 그들의 대화는 전쟁터가 아닌 교회를 방불케 하는 신앙적 이야기가 중심이었다. 고니시가 다시 말을 이어갔다.

"신부님! 저의 군대에는 천주교 신자인 장수들과 병사들이 많이 있습니다. 아마도 2,000여 명이 될 것입니다. 그들은 일본에서 조선 땅에 온 이후 강론을 거의 듣지 못하고 정신이 메말라 있습니다. 그들을 깨우쳐 주시기 바랍니다."

"잘 알겠습니다, 장군!"

"신부님! 저는 처음부터 이 전쟁을 반대했습니다. 그 생각은 지금도 변함이 없습니다. 명나라와의 협상을 계속할 것입니다. 병사들이 악행을 하지 않도록 신부님께서 잘 인도해 주시기 바랍니다."

"네, 장군!"

독실한 천주교 신자이면서 서구의 선교사들과 긴밀한 친분 관계를 맺고 있던 왜군 총대장 고니시는 천주교도 병사들에게 미사와 강론을 담당할 신부를 비밀리에 조선으로 불렀다. '일본군 중 가톨릭 신자들을 위한다'는 명분도 있었으나 내심은 따로 있었다. 그것은 다름 아닌 '조선을 넘어 명나라에도 선교를 하겠다'는 신앙적인 야심이 있었던 것이다. 그래서 고니시에게는 명나라와의 평화 협상 결렬이 안타깝기 그지없었다.

"명나라와의 평화 협상 결렬은 참으로 안타까운 일입니다, 장군!"

이번에는 세스페데스 신부가 먼저 말을 꺼냈다.

"그렇습니다. 명나라와 조선에서 선교사들의 복음 전파 활동을 자유롭게 허용한다는 내용이 거의 합의 직전이었습니다. 그래서, 협상 실패가 더욱 가슴 아픈 일입니다."

"하느님은 우리의 뜻을 저버리시지 않을 것입니다. 계속 기도하면서 기다려 보시지요. 그리고, 기회가 되면 명나라의 장수도 저에게 소개해 주시기 바랍니다."

"그렇게 하겠습니다, 신부님!"

군영으로 돌아온 고니시는 세스페데스 신부와 마음을 열고 나눈 대화 때문인지 모처럼 편안하게 자리에 누웠다. 평양성을 후퇴할 때의 일들이 주마등처럼 지나갔다. 그런 가운데 스스로 내린 결론이 있었다.

'이제 두 번 다시 평양으로 가는 일은 없을 것이다.'

《3》

고니시가 세스페데스 신부를 부른 것은 대단한 수확이었다. 다른 진영에 있던 병사들도 세스페데스 신부의 강론 소문을 듣고 고해성사를 하기 위해 모여들었기 때문이다. 천주교도가 아닌 타 종교 신도들도 이 소식을 듣고 세례를 자청하기도 했다.

"주님의 음성이 들리는 것 같습니다."

"신부님! 주님의 종이 되겠습니다."

세스페데스 신부의 강론을 들은 사람들의 한결같은 고백이었다. 이들은 지위의 높고 낮음이 없었다. 고위직으로는 우사노마야(宇佐官) 신사의 신주(神主)도 있었고, 귀족 출신인 도키에다(時枝)도 있었다. 도키에다는 임진왜란이 끝나기 전 일본으로 돌아가 부인과 아들을 포함해 20명이 천주교 신자가 되었으며 40여 명의 친척들까지도 전도했다.

세스페데스 신부는 나가사키에 있는 고메스 신부에게 두 번째 편지를 썼다.

'쓰시마 영주 다리오 소 요시토시가 몸소 자신의 성으로부터 거룻배를 타고 저에게 와서, 자신과 함께 가서 세례를 해 달라고 간청했습니다. 세례받기를 원하는 사람 중에는 그의 조카와 30명의 귀족이 있었습니다. 그 다음 날 저는 열 명에게 세례를 해주었습니다. 기쁨과 열성으로 번역된 기도문을 외우기 시작하는 것을 보는 것은 실로 저에게 커다란 기쁨이었습니다.'

세스페데스 신부는 요새에서 가장 높은 정자에 올랐다. 튼튼하면서도 아름다운 경치를 볼 수 있는 곳이었다. 고니시의 동생 유키카게와 헤이에몬도 함께 했다. 그곳은 오르내리기는 불편했으나 남의 눈에 쉽게 띄지 않는 은밀한 곳이어서 좋았다.

"신부님! 1587년 다이코(히데요시) 전하가 내린 천주교 추방령은 아직도 그 효력을 지니고 있습니다."

어느 날 세스페데스 신부를 찾은 고니시가 말했다.

"잘 알고 있습니다. 그래서 주변 사람들에게도 극도로 비밀을 유지하라고 당부하고 있습니다."

"잘 하셨습니다. 여기에서도 낮보다는 어두운 밤 시간을 이용하시기 바랍니다. 이교도들의 눈에 띄지 않도록 말입니다."

"각별히 유의하고 있습니다."

"특히, 가토 기요마사(加藤淸正) 측을 조심해야 합니다. 그는 저에게 여러 가지 이유로 독(毒)을 잔뜩 품고 있습니다."

"그는 불교 신자이지요?"

"네. 종교가 다른 것만은 아닙니다. 저와 경쟁 관계이기 때문에 조그마한 흠도 크게 떠벌리고 있습니다."

사실이었다. 가토 기요마사는 호시탐탐 고니시의 약점을 노리고 있었다. 호랑이가 먹잇감을 노리는 것처럼.

세상사 비밀은 없는 법. 가토(加藤) 진영에서 드디어 고니시와 세스페데스 신부의 행동에 대해서 알게 되었다.

"뭐라고? 고니시가 천주교 신부를 불러서 병사들을 현혹시키고 있다고? 정신 나간 사람이군."

"그렇습니다, 장군! 여러 명의 다이묘들과 병사들이 웅천성 산꼭대기에 있는 신부의 집을 드나들고 있습니다."

"빨리 다이코(太閤) 전하께 알려야겠구나."

고니시에 이어 제2군 선봉장으로 조선을 침략한 가토 기요마사(加藤淸正). 그의 아명(兒名)은 도라노쓰케(虎之助)다. 그러한 가토(加藤)는 규슈의 구마모토(熊本)의 성주까지 올랐다.

일찍이 아버지를 잃은 가토는 히데요시의 성에서 자랐다. 히데요시의 정실부인 기타노만도코로(北政所)가 그의 양모이기도 했다.

가토의 어머니가 히데요시의 모친과 4촌이라고 하지만, 실제로는 6촌 관계다. 집안 간의 특별한 관계로 히데요시의 부인은 가토를 친자식처럼 길렀다. 20대의 젊은 나이에 3천 석 다이묘 신분에서 일약 25만 석의 규슈 구마모토(熊本)의 다이묘로 발탁된 것도 어머니의 입김이 크게 작용했다.

그의 아명대로 호랑이 같은 성격의 장수인 가토는 공명심이 강했다. 그는 조선 천하를 질주하며 호랑이 사냥에 열중했다. 도요토미 히데요시의 몸보신을 위한 충성심의 발로이기도 했다.

"호랑이의 가죽, 머리, 뼈와 고기, 간과 담을 잘 받았습니다. 히데요시 님께서 크게 기뻐하셨습니다."

"좋아. 좋아. 많이 드시고 오래 사셔야지."

가토는 본국으로부터 온 전갈을 받고 좋아서 어쩔 줄을 몰랐다. 예로부터 호랑이가 귀한 약용으로 쓰여 왔음을 익히 알고 있던 히데요시는 무장들에게 조선의 호랑이를 잡아오도록 명령했다. 이 일에 기요마사가 앞장섰던 것이다.

임진왜란에서 고니시와 가토 기요마사가 앞서거니 뒤서거니 '어느 쪽이 먼저 승리할 것인가?' 치열한 경쟁이 있었다. 그뿐만이 아니다. 전쟁 상황에 대한 보고도 경쟁의 연속이었다. 가토가 고니시보다 앞서 히데요시에게 보고서를 올렸으나, 길목을 버티고 있는 히데요시의 비서실장격인 이시다 미쓰나리(石田三成)에 의해 번번히 묵살되곤 했다. 시쳇말로 '문고리 권력'의 농간이 있었던 것이다.

"작전의 실패와 착오는 고니시에 대한 가토의 비협조 때문입니다... 적들이 일본군의 내분을 비웃으며 기뻐하고 있사옵니다."

"도라노스케(虎之助) 이놈! 자기 무공을 세우는 데만 급급해서 전체의 대의명분을 깨는 놈이다. 그놈을 당장 불러오라."

이시다 미쓰나리의 보고를 받은 도요토미 히데요시의 불호령이 떨어졌다. 히데요시는 가토를 도라노스케라고 불렀다. 가토는 기가 막혔다. 호랑이의 진상도 허사가 아닌가. 진주성 공사를 나베시마 나오마사(鍋島直正)에게 맡기고 오사카에 있는 후시미(伏見)성으로 달려갔다. 정확한 사실을 보고하기 위해서다.

그러한 가토가 이번에는 세스페데스 신부가 조선에 머물고 있다고 도요토미 히데요시에게 고발하여 그가 처벌을 받아야 할 상황에 놓이게 되었다. 일본에서도 숨어 다니면서 비밀리에 선교 활동을 하던 세스페데스 신부는 걱정이 태산이었다.

"일본에서도 숨어 다니며 신앙생활을 했는데... 큰일이군요."

"걱정 마십시오, 신부님! 제가 다이코 전하께 잘 말씀드리고 용서를 빌어 보겠습니다."

"장군만 믿겠습니다."

도요토미 히데요시의 절대적인 신임을 받고 있는 고니시의 도움으로 세스페데스 신부는 위기를 넘길 수 있었다. 그러나, 세스페데스 신부는 즉시 조선을 떠나 일본으로 돌아가야 했다.

"신부님! 이 전쟁은 그리 오래가지 않을 것 같습니다. 일본에서 뵙지요."

"여러모로 감사합니다, 장군! 건강하게 지내시기 바랍니다. 일본에서 뵙겠습니다."

세스페데스의 방한 활동은 그와 친분이 두터운 고니시 등 다이묘들의 요청에 따라 비밀리에 취해진 것이었지만, 가토 기요마사의 방해에 의해 '조선을 넘어 명나라에서 선교활동을 하겠다'는 큰 뜻이 좌절된 것은 무엇보다도 가슴 아픈 일이었다.

세스페데스 신부는 어쩔 수 없이 조선을 떠나게 되었다. 1595년 초의 일이다.

제3장

성모님의 품으로

• 1596년 6월 어느 날

"얘야! 이제 너는 나의 딸이다."

"제가요? 저는 조선의 아이예요. 언젠가는 조선으로 돌아가야 해요."

"아니다. 내 말을 들어라. 너는 조선으로 돌아갈 수가 없느니라."

"…"

"그리고, 진정 너의 이름이 기억이 나지 않느냐?"

"네. 조선의 부모님과 사람들이 뭐라고 불렀었던 것 같은데, 또렷하게 기억이 나지 않아요."

"그래, 알았다."

고니시 장군에 의해 평양성에서 구출되어 일본으로 건너 온 아이가 고니시 장군의 부인과 나눈 대화다. 이 또한 아이의 운명일터. 아이는 세례명이 쥬스타인 고니시 부인의 보살핌을 받으며 규슈의 우도성(宇土城)에서 살게 되었다. 성주의 양딸이 되어 쓰시마에서 보다 격조 높은 교육을 받으면서 자랐다. 아이가 나이에 비해 철이 빨리 들었으며, 무엇보다도 일본에 적응하는 속도시 빨랐다. 누구의 권유에서가 아니라 자연적인 현상이었다.

하지만, 내면의 깊은 곳에는 '조선인'의 피가 흐르고 있었다. 고니시 부인은 그러한 아이의 속마음을 헤아리는 듯했다.

"너의 이름을 지어야겠구나. 성은 '오다'가 어때? 조선에서 왔으니까. 이것은 내가 조선 사람들에게 물어서 지은 것이란다."

"오다요?"

"그래. '오다'를 성(姓)으로 하고 이름은 세례명으로 하자."

"네. 어머니!"

아이는 '오다'라는 성을 여러 번 되뇌이면서 고개를 끄덕였다. 새로운 성이 지어진 아이는 이렇게 고니시 가문의 양녀(養女)로 자랐다. 그리고, 어머니로부터 무용과 노래도 배웠다. 하나를 가르쳐주면 열을 안다고나 할까? 쥬스타 부인은 아이의 재기(才氣)에 깜짝 놀라곤 했다.

'모든 면에서 뛰어난 아이로구나.'

쥬스타 부인은 양아들 '빈센트 권'에게 세례를 주었던 베드로 모레홍(Petro Morejon) 신부에게 연락을 했다. 며칠 후 쥬스타 부인의 초청으로 모레홍 신부가 우도성으로 왔다. '빈센트 권'으로 재탄생한 사내아이도 같이 왔다.

"신부님! 어서 오십시오. 아? 너도 왔구나. 그 사이 많이 컸구나."

"쥬스타 님! 그동안 안녕하셨나요? 오늘도 많은 사람들이 세례를 받나요?"

"그렇습니다. 60명의 새로운 신도들이 신부님을 기다리고 있습니다. 신부님! 잘 부탁합니다."

"60명이요? 쥬스타 님의 전도의 힘이 대단하십니다. 이렇게 많은 사람들을 주님의 곁으로 인도하시다니요."

"아닙니다. 모두가 신부님의 은혜이시죠."

그리고 쥬스타 부인은 모레홍 신부와 빈센트 권에게 차를 내왔다. 차 향기가 방안의 분위기를 한껏 훈훈하게 만들었다.

"차의 향(香)이 무척 좋군요. 이 지역에서 나는 차입니까?"

"그렇습니다. 우도의 차 맛이 아주 훌륭합니다."

"찻잔도 아주 기품이 있군요. 어디서 온 것입니까?"

"조선에서 가져온 이도다완입니다."

"소문대로 화려하지 않으면서도 은은한 멋이 풍기는군요."

이도다완(井戶茶碗)은 조선의 막사발이다. 오다 노부나가나 도요토미 히데요시는 조선의 막사발에 흠뻑 빠졌 있었다. 완벽미를 추구하는 일본에 비해 조선의 막사발은 자유분방하고 틀을 깨는 파격적인 아름다움이 있어서다. 차를 마시면서 도요토미 히데요시와 센노리큐에 대한 이야기로 화제가 옮겨갔다.

센노리큐(千利休, 1522년-1591년)는 일본의 다도(茶道)를 정립한 실존 인물이다. 특히 수심, 한가로운 정취의 뜻을 가진 와비차(わび茶)의 원조다. 그래서 일본에서는 그를 다조(茶祖: 차의 원조)라 부른다. 조화와 존경, 맑음과 부동심을 의미하는 화경청적(和敬淸寂)의 정신을 강조해 차 마시는 것을 단순히 마

시는 행위에서, 일본을 대표하는 다도(茶道)로 정립했던 것이다.

리큐(利休)는 1522년 오늘의 오사카부(府) 사카이(堺)에서 태어났으며, 어릴 적 이름은 다나카 요시로(田中與四郎). 그의 할아버지는 센아미(千阿彌)이고, 아시카와 가문의 도보슈(同朋衆: 장군의 잡무나 예능담당자)로 사카이에서 살았다.

리큐의 성이 센(千) 씨가 된 것은 할아버지의 이름 중 한 글자를 오다 노부나가(織田信長)로부터 하사 받은 것으로 전해지고 있다. 그는 어려서부터 어깨 넘어로 차를 배웠으며, 17세 때부터 기타무키 도친(北向道陳, 1504-1561)을 스승으로 모시고 정식으로 배웠다.

"한 길로 들어가고자 하는 마음을 가질 때야말로 비로소 스스로 그 길의 스승이 되느니-"

리큐(利休)의 도가(道歌)는 우라센케 11대 이에모토 겐겐사이에 의해 그의 가르침을 와가(和歌: 일본 고유의 형식을 가진 시) 형태로 지어진 글이다. 리큐는 호센사이라 칭하며 천지만물은 모두 한 뿌리로 일체를 이루니 아만심(我慢心)을 버리고 천지에 융화된 적멸무위(寂滅無爲)의 행동이야말로 차(茶)가 나아가야 할 바른 길이라고 했다.

이들의 대화는 차와 찻잔에서 조선에서 데려온 여자아이로 옮겨졌다.

"신부님! 저에게 양딸이 하나 생겼습니다. 조선에서 온 아이입니다. 이 아이도 지난 몇 달 동안 천주교 교리를 익혔습니다. 아직 어리지만 무척 영리합니다. 이번에 신부님을 초청한 것은 60명 외에 이 아이에게도 세례를 받도록 하기 위함입니다."

"그렇습니까? 빈센트 권에 이어서 이제 따님을 얻으셨군요. 마님의 기도에 하느님이 응답하셨습니다."

"어머님! 조선에서 온 여자 아이라고요? 그럼 저도 여동생이 생겼네요?" 옆에서 차를 마시고 있던 빈센트 권이 끼어들었다.

"그렇단다."

쥬스타는 아이를 신부님 앞으로 오게 했다. 모레홍 신부도, 빈센트 권도 깜짝 놀랐다. 아이의 용모도 예뻤지만 눈동자가 살아 있었기 때문이다.

"여기 앉아라. 앞으로 너를 돌봐주실 신부님이시다."

아이는 긴장했다. 모르는 사람들과의 만남이 크게 부담이 되었기 때문이다. 잠시 후 쥬스타 부인이 입을 열었다.

"신부님! 이 아이의 세례명을 뭐로 할까요?"

모레홍 신부가 바로 답변했다.

"음…'줄리아' 어떨까요? '젊고 활기찬' 의미를 가진 라틴어입니다."

"줄리아요?"

"네. 쥬스타 님. 아이의 눈동자가 살아있어요. 활기가 넘쳐 납니다. 주님께서 유용하게 쓰실 것 같습니다."

"좋습니다. '줄리아.' 아주 좋습니다. 이 아이에게 딱 어울리는 세례명입니다."

빈센트 권도 조선에서 온 아이의 세례명으로 '줄리아'가 좋다고 고개를 끄덕였다. 아이는 쥬스타 부인을 따라 교회로 갔다. 쥬스타는 교회 입구의 성수에 손을 담그고 성호를 그으며 아주 낮은 음성으로 기도했다.

"주님! 이 성수로 세례의 은총을 새롭게 하시고, 모든 악에서 보호하시어 깨끗한 마음으로 나아가게 하소서. 아멘!"

아이는 머뭇거릴 뿐 따라하지 못했다. 이어서 입당송과 함께 세례 의식이 시작되었다.

"하느님. 제 권리를 찾아 주소서. 불충한 백성에게 맞서 제 소송을 이끌어 주소서. 거짓되고 불의한 자에게서 저를 구해 주소서. 당신은 저의 하느님. 저의 힘이시옵니다."

"주님께는 자애가 있고 풍요로운 구원이 있네."

"주님이 말씀하신다. 살아서 나를 믿는 모든 사람은 영원히 죽지 않으리라."

모레홍 신부는 60명의 신자들을 한 명 한 명 호명했다. 그리고, 긴 강론을 했다.

"오늘의 세례 의식은 우리가 살면서 부지불식간에 지은 죄를 용서받고 교회의 일원이 됨과 동시에 교회생활에 참여할 수 있는 자격을 부여하는 입문예식(入門禮式)입니다. 여러분은 오늘부터 하느님의 자녀로서의 권리를 갖게 되었습니다. 세례는 예수 그리스도로부터 기원하는 은총의 표지이며, 이 은총은 무엇보다도 죄의 용서를 의미합니다. 그리고, 여러분이 명심해야 할 몇 가지를 말씀드리겠습니다."

모레홍 신부는 첫째로 '회개'를 강조했고, 두 번째로 '하느님께 온전한 의탁'을 역설했다. 세 번째로 '신앙고백(Credo)'에 대해서 길게 강론했다.

"천주교에서 신앙고백은 대단히 중요합니다. 이는, 세례를 받기 위하여 요구되는 필수적인 조건이기도 합니다. 창조주이시며 구세주이신 하느님께 죄의 용서와 영원한 생명에 대한 믿음을 솔직하게 고백해야 합니다. 지금부터 신앙고백의 시간을 갖겠습니다."

60명의 신자들은 모두 성호를 그으며 기도했다. 아이, 아니 줄리아도 마음속으로 기도하면서 성모님의 품에 안겼다.

'줄리아! 너는 오늘부터 주님의 종이 되었느니라.'

줄리아에게 어디선가 주님의 음성이 들리는 듯했다. 모레홍 신부는 줄리아의 머리 위에 손을 얹고 안수기도를 해주었다. 또한, 신부는 줄리아가 목에 감고 있던 미사포를 머리에 씌워 주었다. 줄리아는 신부님을 통해서 뭔가 알 수 없는 큰 기운이 자신의 몸과 가슴으로 전달되는 것을 느낄 수 있었다.

"감사합니다. 신부님!"

이때 줄리아의 어머니이자 고니의 부인인 쥬스타가 말했다.

"신부님! 줄리아의 성은 조선에서 왔으니 '오다'로 하기로 아이와 약속했습니다. 어떻습니까? 예쁘고 활기찬 아이가 조선에서 '오다'요."

"줄리아 오다! 아주 어울리는 이름입니다."

세례 의식이 끝나자 모레홍 신부는 자신이 평생 지니고 다녔던 묵주(Rosario)를 줄리아에게 선물했다. 그러면서 말을 이어갔다.

"줄리아! 거룩한 묵주 기도를 절대로 소홀히 하지 말아야 한다."

"네, 신부님! 명심할게요. 그런데, 그럴 만한 특별한 의미가 있나요? 신부님!"

"묵주는 성모님께서 줄리아를 마음속으로 묶어주는 황금사슬이기 때문이란다."

"놀라워요. 신부님! '성모님의 마음 속에 묶인다'는 자체가 큰 영광인 것같아요. 그런데 묵주에 새겨진 이 문양은 무엇이에요?"

모레홍 신부는 물론 쥬스타, 빈센트 권 모두 깜짝 놀라고 말았다. 어린아이가 눈을 반짝이면서 던진 질문이 성인을 능가했기 때문이다. 모레홍 신부는 미소를 띠면서 말했다.

"묵주의 구슬은 장미 꽃송이 모양이란다. 성모님께 장미꽃 다발을 바친다는 뜻에서 유래된 것이란다. 큰 구슬은 주의 기도이며, 작은 구슬은 아베마리아 즉, 성모송을 바치는 것이지."

"네. 신부님! 제 몸에 꼭 지니고 기도하면서 주님과 함께 살아갈게요."

모레홍 신부는 '묵주 기도는 5단 씩 네 개의 신비를 차례로 묵상하는 20단의 기도가 있다'고 설명했다. '환의의 신비' '빛의 신비' '고통의 신비' '영광의 신비' -20단을 모두 마친 후에 주님의 기도, 송모송, 영광송으로 기도를 마무리하는 것이다. 줄리아는 모레홍 신부의 말을 하나도 놓치지 않고 열심히 들었다. 아니 가슴속 깊이 새겼다. 줄리아는 신부님이 하는 대로 묵주를 돌리면서 기도했다. 쥬스타와 빈센트 권도 함께했다. 기도는 '환희의 신비'였다.

"1단: 마리아께서 예수님을 잉태하심을 묵상합시다(겸손).

2단: 마리아께서 엘리사벳을 찾아보심을 묵상합시다(이웃사랑).

3단: 마리아께서 예수님을 낳으심을 묵상합시다(가난)."

4단: 마리아께서 예수님을 성전에 바치심을 묵상합시다
　　　(하느님 뜻에의 복종).

5단: 마리아께서 잃으셨던 예수님을 성전에서 찾으심을
　　　묵상합시다(성소에의 충실).

　묵주 기도가 모두 마무리되자 줄리아의 기도가 제법 길게 이어졌다. 스스로 우러나온 기도였고, 나이에 비해 너무나 성숙한 기도였다.

　"주님은 조선에서 태어나 당신에 대한 믿음이 없는 저를 인도하시고자 아우구스티노(小西行長) 장군을 통하여 일본에 오게 하시고, 유일한 구원이 있는 성스러운 계율과 당신의 소식을 알게 하시는 커다란 사랑을 베푸셨습니다. 오늘부터 저는 영원히 주님의 종이 되겠습니다."

　모레홍 신부와 쥬스타 부인, 그리고 빈센트 권은 어린 줄리아가 기도하는 모습을 보고서 깜짝 놀랐다. 모두가 성호를 그으면서 기도했다.

　"아니, 이토록 어린 아이가 이렇게 어른스럽게 기도를 하다니…놀라운 일이로다."

　아이의 기도하는 모습이 그만큼 예사롭지 않았던 것이다. 때를 같이 해 교회에서 성가가 은은하게 울려 퍼지기 시작했다.

성모 마리아여!

자비로운 성모여!

이 어린 소녀의 기도를 들어주소서.

험하고 거친 이 바위에서

당신에게 간절히 기도합니다.

우리가 두려움 없이 잠들 수 있도록 지켜주소서.

'줄리아 오다'의 샛별 같은 눈에서도 눈물이 주르르 흘렀다. 그 눈물은 눈에서 흘러나오는 단순한 것이 아니라, 가슴 속 깊은 곳에서부터 표출되는 농익은 것이었다. 온 세상이 생동하는 꽃향기 가득한 1596년 6월 어느 날의 일이었다. 모두가 함께한 기도는 다음과 같았다.

"주님의 뜻을 이루는 일꾼이 되게 하소서. 우리 주 그리스도를 통하여 비나이다."

***

"오라버니! 제가 우도성을 구경시켜드릴게요."

줄리아는 '빈센트 권'에게 우도성 구경을 제안했다.

"좋아. 처음 온 성이니 보고 싶구나."

그리 높지 않은 언덕에 자리한 우도성은 아늑하면서도 안정감이 있었다.

"이곳은 교통의 요지인 관계로 호족들 간의 다툼이 계속되어 왔다고 해요. 오라버니!"

"아니, 네가 여기 온지 얼마 되지 않았는데…그토록 어려운 역사까지 알고 있어?"

"마님, 아니 어머니로부터 들었거든요."

"그래? 너는 참으로 총명한 아이구나."

"아니예요. 총명하긴요."

"그런데 고향이 어디라고 했지?"

"평양이라고 하는데, 정확한 기억은 없어요."

"그렇구나."

"오라버니의 고향은 한양이시라면서요?"

"그래. 한양이지, 한양. 거기에 흐르는 큰 강이 생각나는구나."

줄리아와 빈센트가 둘이서 걸으며 이야기 하는 동안 어느덧 고니시에 의해 인공적으로 만들어진 센바천(船場川)에 이르렀다.

"이 하천은 고니시 장군이 만드셨다고 해요."

"그래? 하천을 사람의 손으로 만드시다니…아무튼, 대단하신 분이야. 신앙심도 깊으시고."

'양아버지는 어떻게 그런 생각을 했을까.'

땅을 파내어 하천을 만든다는 것이 신기하기 그지없었다. 줄리아는 나뭇잎 하나를 주워서 물위에 띄웠다. 나뭇잎은 흔들거리면서 강물을 따라 아래로 흘러갔다. 줄리아는 빈센트 권의 어깨에 기대어 노래를 불렀다.

냇물이 흐르네.

졸졸졸

냇물은 흘러 강으로 가려는가.

강물은 또 바다로 흘러가겠지.

나는, 나는, 어디로 흘러갈까.

하느님의 나라로 흘러가리라.

냇물 따라 흐르는 낙엽처럼…

빈센트 권도 같이 불렀다. 누가 보더라도 다정한 오누이의 모습이었다. 둘의 노래는 시(詩)가 되어 강물 따라 흘러갔다. '빈센트 권'의 눈에 이슬이 맺혔다.

순간, 빈센트 권의 심장에서 쿵쾅쿵쾅 소리가 났다. 어린 줄리아의 얼굴도 불그레해졌다. 하느님의 사랑이 아닌 이성적인 사랑의 소리였다. 하지만, 이미 신학 공부에 열중하고 있는 빈센트 권이 정신을 가다듬고서 말했다.

"이 지역은 고니시 장군의 영향으로 천주교 신자가 많아 졌어. 나도 그 분의 배려로 시키에서 신학공부를 하고 있단다."

"저도 오라버니처럼 신학공부를 하고 싶어요."

"그래? 내가 신부님께 말씀드려 볼게. 너는 훌륭한 천주인이 될 자질이 엿보여. 신부님이 기다리시겠다. 이제 돌아가자."

"잠깐만요. 오라버니. 무슨 이유로 고니시 장군의 군영으로 가셨나요. 적군인데 무섭지 않으셨어요?"

"글쎄. 임금이 동이 트기도 전에 북으로 도망가시고…아버지를 따라 산으로 피난을 갔다가 길을 잃었어. 그런데 왜군의 군막에서 바람에 펄럭이는 큰 깃발이 내 눈에 불현듯 들어왔어."

"그래서요?"

줄리아가 초롱초롱한 눈망울로 물었다.

"군영 앞에 세워진 깃발이 마치 나를 부르는 것 같았어. 나는 내 발길이 움직이는 데로 그 곳으로 갔단다. 네가 강물에 띄운 나뭇잎처럼 말이야. 거기서 고니시 장군을 만났지."

'무슨 이유에서 일까?'

줄리아는 도무지 이해가 되지 않았다. 줄리아의 얼굴을 바라보며 빈센트 권이 미소를 머금으면서 말했다.

"장군의 군막에서 휘날리는 깃발에 십자가가 새겨져 있었어."

"군대의 깃발에 십자가가 새겨져 있었다고요? 교회가 아니라 군대의 깃발에요?"

"그래. 그 당시는 몰랐으나 내가 후일 시키에서 신학공부를 하면서 알았다. 십자가는 그리스도의 상징이잖아? 고니시 장군의 깃발을 통해서 주님께서 나를 부르신 것이라고 생각하고 있어. 이러한 생각은 지금 이 순간에도, 앞으로도 변함이 없을 거야."

"그런데요, 오라버니! 아까 교회에서 성부, 성자, 성령이라고 했잖아요. 그렇다면 하느님은 세 분이신가요?"

"하하하. 아니다. 성부도 하느님이시고, 성자도 하느님, 성령도 하느님이시다. 세 분이 아니라 오직 한 분만이 계신다."

"잘 알았어요. 오라버니! 그런데, 일본으로 건너와서 십자가를 보면서 무엇을 느끼셨나요?"

"내가 죄인이라는 것과, 나의 존재도 소중한 것이라는 것, 그리고 목표가 있어야 한다는 것을 느꼈어."

"그럼, 오라버니의 목표는 무엇인가요?"

"주님을 위해서 이 한 목숨을 바치려고 해."

"하나 밖에 없는 목숨을 바치신다고요?'

"그래, 나는 이미 그러한 목표를 정하고 오늘을 살아가고 있어."

이 두 사람의 만남은 처음이었으나 큰 의미가 있었다. 조선에서 일본으로 건너와 고니시 부부를 양부모로 한 것과, 천주교 신자의 길을 걷게 되었으니까. 하지만, 가슴 속 깊은 곳에는 남녀 간의 본능적인 감정도 싹트고 있었다. 조심스럽게.

이날 이후로 줄리아는 성경책을 항상 끼고 다니며 열심히 읽으면서 기도했다. 묵주 기도기도는 하루 20단, 30단...점점 늘어났다. 그런 가운데 날이 갈수록 신앙심이 굳건해졌다.

'그 분께서는 올곧은 이들에게 주실 도움을 간직하고 계시며 결백하게 길이가는 이들에게 방패가 되어 주신다'(잠언 2장 7절).

페드로 모레홍(Pedro Morejon, 1562-1639)신부.
그는 스페인의 메디나 델 캄포(Medina del Campo)에서 태어났다. 1578년 예수회에 입회해 1586년 유럽에 파견됐다. 사절단의 귀로에 동행해 리스본(Lisbon)을 출발, 다음 해 고어로 가서 사제로 서품 되었다. 1590년 7월 21일에 소년 사절과 함께 나가사키에 상륙했다. 1597년 일본 26위 성인 순교 당시 본인의 의지와는 별도로 위험한 곳에서 난을 피해 오사카나 교토에서 포교를 계속했다. 1614년의 선교사 추방령에 의해 필리핀 마닐라에서 일본의 정보 수집에 열중했다. 1617년 유럽에 돌아갔다가 1622년 다시 동양으로 돌아와 만년에 이르러 마카오에서 사제를 지냈다.

***

줄리아는 하느님께 기도하는 중에도 왜군의 칼에 의해 쓰러진 조선의 부모가 떠오를 때가 있었다. 새로운 부모를 만나 큰 걱정 없이 살아가고 있다는 것만으로도 행복했으나, 알 수 없는 그리움이 가슴 한 구석에 도사리고 있었던 것이다.

가물가물 나의 고향 기억조차 없구나!
왜군의 칼에 의해 쓰러진 아버지! 어머니!
나는 다시 그들의 손에 의해 양육되고 있으니.
나의 부모님은 천국에서 잘 살고 계실까?
나는 이렇게 잘 살고 있으나…

'아? 나는 누구일까?'

줄리아는 혼자서 읊던 넋두리를 멈췄다. 자신도 모르게 눈물이 쏟아졌다. 이때 쥬스타 부인이 나타났다.

"얘야! 너 많이 울었구나. 조선의 부모님 생각이 났니? 그래, 실컷 울어라. 눈물을 참지 마라."

"아니예요. 어머니! 그게 아니라, 조선에서의 이름이 생각날 듯 말듯해서요."

"그래? 그렇다고 하더라도 이젠 다 잊어 버려라. '오다'라는 새로운 성씨가 있지 않느냐. 하느님이 지어주신 거룩한 이름은 '줄리아'고."

"네. 어머니."

《2》

줄리아는 세월 따라 안정을 찾았고 키도 훌쩍 커졌다. 어느 날 어머니와 함께 산으로 약초를 캐러 갔다.

"어머니! 이 풀을 보세요."

"아? 잘도 찾아냈구나."

"어머니, 이 풀의 이름은 무엇이에요?"

"오바코(질경이)라는 것이다. 생명력이 아주 강하지."

"그래서 사람들에게 짓밟히면서도 이렇게 굳건하게 자라는 거네요."

"처음부터 밟히며 자라는 식물이 아니라, 어쩔 수 없이 적응하며 사는 것이란다. 이것이 자연의 본질이고 불변의 진리란다."

줄리아는 이 풀이 자신의 처지와 흡사하다고 생각했다. 현실에 적응하면서 살아가는 모습이 자신과 닮았기 때문이다.

"저와 닮은 풀이예요…"

"아니라니깐. 너는 나의 딸이자 천주님의 딸이지 않느냐?"

"그래요. 어머니."

"그리고, 이 질경이가 약초로도 쓰인단다."

"어떤 약으로요?"

"질경이의 약효는 열이 많은 사람이나 피로해서 춘곤증을 느끼는 사람들에게 효능이 아주 좋단다."

"왜요? 어머니."

"그 성질이 차갑고 서늘하기 때문이지. 민들레도 같은 효능이 있지."

"쓰시마에서 마리아 님에게 들은 적이 있어요."

"그 중에서도 봄에 나오는 새순이 아주 좋단다."

"네. 어머니."

이렇게 해서 줄리아의 약초에 대한 지식은 봄나물의 새순처럼 무럭무럭 자라났다.

고니시의 집안은 사카이(堺)에서 약재상을 했다. 줄리아도 자연스럽게 많은 약재를 접할 수 있었다. 쓰시마의 마리아에 이어서 어머니로부터도 약재에 대한 공부를 했다. 놀라운 것은 줄리아가 약재와 의술에 대한 소질이 있었다는 점이다. 줄리아가 보물처럼 간직하고 있는 조선의 의서도 예사롭지 않았으나 자세한 것은 알 수 없었다.

우도성에는 약재 창고가 있었다. 거기에는 온갖 약초들은 물론 조선에서 가져온 의서들도 있었다. 자연스럽게 줄리아가 약재 창고 담당이 되어 의서들을 정리하고 약재를 분류하는 일까지 도맡아 했다. 어려운 한문을 읽고서 뜻을 풀이하는 것은 물론 약재의 용도에 따라 처방을 하는 실력도 스스로 터득해 나갔다.

《3》

사카이(堺)에 있는 고니시 집안은 가난한 사람들을 무료로 치료하는 '시약원(施藥院)'이라는 시설을 운영하고 있었다. 어느 날 할머니가 사카이에서 배를 타고 우도에 왔다. 할머니는 약재 행상을 하면서 도요토미 히데요시를 감동시킨 발언을 서슴지 않았던 여장부다. 또한 글씨를 잘 써서 히데요시의 공문서를 대필해주기도 했다. 고니시의 어머니로 당대 최고의 여걸이었던 그녀의 세례명은 막달리나였다.

'이 또한 사람의 운명이런가. 하느님의 뜻이런가.'

할머니가 조선말을 잘 구사 할 수 있었기에 줄리아와의 교감이 더욱 잘 되었다. 줄리아는 할머니로부터 고급 일본어를 배웠고, 격조 높은 춤과 노래를 익혔다. 할머니는 특히, 언어의 중요성을 일깨워 주었다. 줄리아가 아직은 어렸지만 먼 훗날을 위해서 자신이 최근 심취해서 읽고 있던 존 칼빈(John Calvin)의 '기독교 강요'에 대해서 설명했다.

"존 칼빈은 천 년 이상 말씀에서 벗어나 잘못된 길로 가는 교회를 하느님의 말씀으로 돌아가도록 인도하신 분이다. 중요한 것은 그가 불란서 사람이면서도 라틴어, 헬라이, 히브리어에 능통했다는 사실이다."

"여러 나라 말을 한다는 것은 무척 어려운 일인데, 어떻게 그렇게 할 수 있었을까요? 물론, 할머니도 여러 나라 말을 잘 하시지만요. 저도 가능할까요?"

"너도 조선인이면서 일본어를 잘 하지 않느냐? '존 칼빈'도 14살 때이던 1564년에 라틴어를 배웠단다. 줄리아야! 인간이 짐승과 다른 것은 다리의 숫자가 아니라 '말을 할 수 있다'는 것과 '글을 읽고 쓸 수 있다'는 것이란다."

"네. 할머니."

그러면서 할머니는 '성경 읽기와 기도는 균형 감각이 있어야 한다'고 가르쳐주었다.

"하느님은 성경을 통해 우리에게 말씀하시는 반면 우리는 기도를 통해 하느님께 말씀을 드리기 때문이다."

"그렇다면 할머니. 성경을 읽을 때는 천천히, 또박 또박 체계적으로 읽어야 하겠네요.

"그래. 맞아. 참으로 기특하구나."

할머니의 성경 읽기와 기도는 언제나 일관성이 있었다. 할머니도 줄리아에게 신앙심과 약초에 대한 지식 그리고, 인간이 살아가는 근본에 대해서 수시로 교육을 시켰다. 줄리아의 신앙심과 약초에 대한 지식, 도덕적인 정신과 행동은 이처럼 온 가족의 영향이 컸던 것이다.

"줄리아! 여러 가지 풀을 씹어보고 약초를 분별해 의약의 길을 열었다는 신농(神農) 전설이 지금까지 전해지고 있단다. 하지만, 이것은 단순한 전설에 머무르지 않고 실제로 있었던 일이야. 인류는 여러 가지 식물을 직접 씹어보거나 섭취해 보는 것으로, 약이 되는 것과 그렇지 않은 것을 분별해서 활용해온거야."

"약초는 그처럼 무수한 사람들의 많은 경험의 축적을 기본으로 이용되어 왔군요."

"그래. 맞다. 맞아."

"이게 감초(甘草)라는 약초다. 일본, 조선, 중국에서 발음은 서로 다르지만 한자는 똑 같아. 남만(南蠻: 당시 스페인, 포르투갈 등 유럽을 지칭함)에도 같은 식물(Glycyrrhiza glabra L.)이 있어. 이것을 씹어 보아라."

"특이한 냄새가 나며 맛은 달아요. 할머니! 신비스러워요."

"맞아. 그래서 감초라고 한단다."

"모든 이름에는 그에 합당한 뜻이 담겨 있네요."

"그렇단다. 이 감초에는 한 가지 전설이 전해 내려오고 있어."

"전설이라고요? 말씀해 주세요."

줄리아는 전설이 궁금해서 할머니를 졸랐다. 할머니는 미소를 지으며 다시 말을 이어갔다.

"옛날에 유명한 의원이 있었는데, 그 의원 부인이 땔감으로 쓰려던 풀 더미에서 이상한 풀을 발견하고 불지피는 것을 멈추었단다."

"왜요? 할머니"

"의원의 부인인지라 영감이 있었던 모양이야."

"그래서요?"

"일단 아궁이에 넣지 않고 씹어 보았단다. 그런데 맛을 보니 달콤했다는 거야."

"부인은 감초인지도 모르고 우연히 맛을 보게 된 거네요."

"그렇단다. 부인은 '모든 풀이 약으로 쓰이니 이 풀도 효과가 있지 않을까'라는 생각에 의원과 상의해서 환자들에게 나누어 주었지."

"신기한 일이네요. 우연치고는…"

"그 의원이 이 약초가 여러 증상에 효과가 있음을 확인했단다. 또한, 감초는 모든 약의 효과를 조화시켜주었기 때문에 '나라의 원로' '임금의 스승'이라는 뜻으로 '국로(國老)'라 부르기도 했단다."

"임금님의 스승 '국로'라고요? 대단한 약초네요."

"감초는 모든 약의 독성을 조화시켜 약효가 잘 나타나게 하며, 혈맥의 소통을 잘 시키고 근육과 뼈를 튼튼하게 해준단다."

"할머니! 성경에 고수풀이 나오던데요. 그에 대해서도 자세히 말씀 좀 해주세요."

"네가 그런 것까지 기억하고 있다니 놀랍구나."

"아니예요. 할머니께서 성경책을 또박또박 읽으라고 하셔서요."

"그래. 고수풀은 이스라엘 민족이 이집트에서 나와 가나안 복지의 땅으로 가는 40년 동안 하느님께서 주신 식물이다. 이스라엘은 그것의 이름을 '만나'라고 하였지. 그것은 고수풀 씨

앗처럼 하얗고... 그런데, 이 고수풀이 고대에도 복통이나 어지럼증을 치료하는데 쓰인 약초였다는 거야."

"할머니. 어려워요."

"그래. 좀 어려울 것이다. 너무 성급하게 생각하지 말고 천천히 익히도록 해라."

"할머니는 모르시는 것이 없으세요. 조선말도 잘 하시고요."

"고맙다. 네가 칭찬을 해주니 더 신이 나는 구나!"

줄리아는 할머니와 이야기꽃을 피우며 우도에서 행복한 나날을 보냈다.

"그런데요. 할머니. 예수님은 어떻게 돌아가셨나요?"

"응. 십자가에 못 박혀서 돌아가셨단다."

"십자가요?"

"십자 모양으로 만든 사형 틀이란다."

"사형이라면 사람을 죽이는 건가요?"

"그렇단다."

"그렇다면 예수님도 그 형틀에 묶이셨나요?"

"그렇지."

"참으로 많은 고통을 받으셨겠네요."

"그래. 가시나무로 관을 만들어 예수님 머리 위에 씌우고, 오른손에 갈대를 들게 하고서는, 그분 앞에서 무릎을 꿇고 '유다인들의 임금님, 만세!' 라고 하면서 조롱을 하였단다. 마태오 복음서 27장 29절에 나와 있다."

"그리고, 군사들이 예수님과 함께 십자가에 못 박힌 첫째 사람과 또 다른 사람에게 가서 다리를 부러뜨렸단다."

"십자가에 못 박고, 또 다리를 부러뜨렸다고요? 너무나 가혹한 형벌이네요?"

"줄리아! 요한복음서 19장 34절을 읽어보자꾸나."

"네. 할머니!"

"군사 하나가 그분의 옆구리를 창으로 찔렀다. 그러자 곧 피와 물이 흘러나왔다."

"예수님은 그러한 분이셨네요."

"그래서 우리는 예수님을 존경해야한다."

"네. 명심할게요."

"그리고, 사순절을 아느냐?"

"모릅니다. 할머니."

"예수님은 돌아가신 후 3일 만에 다시 부활하셨단다."

"돌아가신 분이 살아나셨다고요?"

"그래. 인간의 능력으로는 할 수 없는 일이다. 그래서, 예수님이 돌아가신 날부터 부활하시기 전까지 금식을 한단다. 즉, 40일 중 4일을 빼고 36일간 하지. 그 후 40일을 지키게 되어 '재의 수요일' 사순절이 시작되었다."

"네, 할머니."

《4》

줄리아는 우도성의 천수각에서 할머니와 함께 하늘을 바라보았다. 밤하늘에는 수많은 별들이 빛나고 있었다. 줄리아는 '저 많은 별들은 어떻게 생겨난 것일까.'라고 평소 궁금증이 많았던 것을 할머니에게 물었다.

"할머니! 저 별은 어떻게 해서 태어났어요?"

"당연히 하느님에 의해서지. 하느님께서 하늘과 땅을 창조하신 후 빛을 만드시고, 빛과 어둠을 가르시었어."

"그래요? 할머니! 그래서 밝은 낮과 어두운 밤이 생긴 거네요."

"그래, 맞아. 너는 어떻게 된 아이가 하나를 가르쳐 주면 열을 아느냐?"

"아니예요. 할머니! 아직 아무 것도 모르는 어린아이에요."

할머니는 흡족한 얼굴로 미소를 띠면서 줄리아에게 말을 이어갔다.

"하느님께서는 빛을 내는 큰 물체 두 개를 만들어서, 큰 빛 물체는 낮을 다스리고, 작은 빛 물체는 밤을 다스리게 하셨다. 그리고 별들도 만드셨지."

"아! 저 별들이 땅을 비추게 하시고, 그 불빛을 지금 할머니와 제가 보고 있네요."

"그렇단다."

할머니는 '성서' 창세기 1장을 중심으로 별의 생성에 대해서 줄리아에게 설명했다. 시간이 흐를수록 별들은 더욱 초롱초롱해졌다. 할머니는 늘 손에 들고 다니던 성서를 펼치고서 별에 대한 이야기를 본격적으로 전개했다.

"여기, 욥기 38장 31절과 32절을 읽어보자꾸나."

"네. 할머니!" 아이는 할머니 옆에 앉아서 성경책을 읽었다.

"너는 묘성을 끈으로 묶을 수 있느냐? 또 오리온 자리를 매단 밧줄을 풀 수 있느냐? 너는 별자리들을 제 시간에 이끌어 내고 큰곰자리를 그 아기별들과 함께 인도할 수 있느냐?"

'성서'는 천지를 창조한 하느님의 권능을 암시하고 있었다. 무한한 능력의 소유자였던 것이다.

"할머니! 욥기 38장 31절과 32절에 나온 오리온 자리와 큰곰자리에 대해서 말씀해주세요."

"그래. 알았다."

할머니는 배를 타고서 남만(南蠻: 포르투갈, 네덜란드 등 서양)을 오가며 선교사들과 접촉이 많은 까닭에 천문 지리에도 상당한 지식을 가지고 있었다. 할머니의 별자리에 대한 지식은 주변 사람들도 깜짝 놀라게 하고도 남았다. 지식의 깊이가 끝이 없어서다.

"오리온은 그리스 신화에 나오는 사냥꾼의 이름이다. 아주 용감한 사냥꾼이었지. 아무리 추운 겨울날도 춥게 느껴지지 않는 이유가 거기에 있다. 별자리에는 중앙에 세 개의 2등성이 나란히 자리하고, 그것을 1등성과 2등성이 에워싸서 장방형을 형성하고 있어. 한 눈에 오리온자리라는 것을 알 수 있지. 다음 겨울밤에 같이 별자리를 찾아보자."

"네. 할머니! 용감한 사냥꾼 이야기를 더 해주세요."

할머니의 이야기는 오리온과 아르테미스(Artemis)와의 애틋한 사랑을 바탕으로 하고 있었으나, 어린아이에게 다 말해줄 수 없었다.

할머니의 말은 전설이다. 전설에 따르면 바다의 신 포세이돈의 아들인 오리온은 미남자였다. 키가 컸으며 힘도 장사였다. 오리온은 달의 여신 아르테미스(Artemis)와 사랑하게 됐고, 두 사람이 결혼하게 될 것이라는 소문까지 퍼져나갔다. 하지만, 여신의 오빠 아폴로가 두 사람의 만남을 강하게 반대했다. 결국, 오빠의 계략에 의해 자신의 활로 오리온을 쏴 죽이고 말았다. 후일 그것을 안 아르테미스는 망연자실했다. 그녀는 오리온에 대한 사랑을 영원히 간직하기 위하여 제우스에게 부탁했다.

'제우스님이시여! 오리온의 시체를 하늘에 올려 별자리로 만들어 주십시오. 이렇게 빕니다.'

그렇게 해서 오리온은 별이 되었던 것이다.

"그리고, 할머니 '성서'에 나오는 큰곰자리에 대해서도 말씀해 주세요."

"그래, 알았다. 큰곰자리의 주인공인 칼리스토는 빼어난 외모에 사냥 솜씨가 뛰어난 아르카디아의 공주였다. 칼리스토의 미모에 반한 제우스는 그녀를 유혹했고, 신의 사랑을 뿌리칠 수 없었던 칼리스토는 제우스와의 사랑으로 아르카스를 낳았다. 이것을 알게 된 제우스의 아내 헤라는 칼리스토를 흰곰으로 만들어 버렸다. 엄마를 잃은 칼리스토의 아들 아르카스는 어느 농부의 손에서 자랐다. 아이 역시 어머니의 사냥 솜씨를 이어받아 훌륭한 사냥꾼으로 성장했단다."

"그래서 어떻게 되었어요?"

"곰으로 변한 칼리스토는 어느 날 숲 속을 거닐던 중 사냥 나온 아들 아르카스와 마주치게 되었지. 아뿔사! 너무 반가운 나머지 자신이 곰이라는 것을 깜박 잊고서 아르카스를 껴안기 위해 달려들었다. 이 사실을 모르는 아르카스는 사나운 곰이 자신을 공격하는 것으로 생각하고 활시위를 당겨 버렸어. 이 광경을 보다 못한 제우스는 둘을 하늘에 올려 별자리로 만들었단다."

"…"

"하늘로 올라간 칼리스토가 곰이 되기 전보다 더 아름답게 빛나자, 질투의 여신 헤라는 이것을 질투하였고, 대양의 신 포세이돈에게 부탁하여 이들이 물을 마시지 못하게 해달라고 부탁했다. 결국 이들 모자(母子)는 북극의 하늘만 맴돌았다."

"제가 아직 어려서 자세히는 모르겠지만, 참으로 슬픈 이야기네요. 할머니!"

"그래. 네 말이 맞다. 인간은 자기 자신이 모르는 가운데 죄를 범할 수 있단다. 그래서 항상 하느님께 기도하고, 반성하면서 살아야 한단다. 너도 언제나 하느님과 함께 살아야 한다는 생각을 버리지 말아야 해."

"네. 할머니. 명심할게요."

줄리아는 이렇게 할머니의 가르침과 사랑, 약재에서 천문지리에 이르기까지 다양한 지식을 쌓으면서 자랐다.

《5》

할머니가 사카이(堺)로 돌아가고 어느덧 가을이 왔다. 우도성의 풀벌레들이 나팔수처럼 목이 터져라 가을을 알리고 있었다. 줄리아는 벌레들의 울음소리를 들으면서 몸통이 굵고 키가 큰 나무에 기대어 섰다. 가을볕을 많이 받은 탓인지 나무가 따스했다. 줄리아는 기억이 또렷하지는 않았으나 '마치 어린 시절 기대곤 했던 아버지의 넓은 등과 같다'는 생각이 들었다.

우도성에서 조금은 거리가 먼 아마쿠사(天草)에는 60여 명의 신부들이 활동하고 있었고, 인구 3만 명 중 2만 3천명이 천주교인이었다. 이토록 신자가 많은 것은 고니시에 의해서다. 본토에서 멀리 떨어진 섬이기에 권력자들의 눈을 피해선교사들이 포교를 한 때문이기도 했다.

어느 날 쥬스타 부인은 줄리아를 데리고 배편으로 아마쿠사 섬에 갔다. 자연이 아름답고 교회가 융성한 마을이 보고 싶었기 때문이다.

"어머니! 참으로 아름다운 곳이에요."

"그래. 참 좋은 곳이지."

"그런데. 이곳의 특색은 뭔가요?"

"교회가 융성한 곳이지. 하느님께서 보살펴준 축복의 섬이야."

"네."

"이 섬은 네가 태어나기 훨씬 전인 1568년과 1570년 전국 선교사 대회가 열린 곳이기도 해."

"그럼 전국의 신부님들과 신도들이 모여서 함께 회의를 하셨겠네요."

"그래. 그렇단다. 아마쿠사의 시키(志岐)는 마카오와 연결된 바닷길이기에 해상 교통이 편리해서 신부들과 신도들의 집합 장소였단다."

"네. 어머니."

《6》

가을과 겨울이 지나고 새 봄이 기지개를 켜는 순간이었다. 줄리아는 어머니와 함께 산으로 나물을 캐러 나갔다. 바구니에는 어김없이 성서가 담겨 있었다.

"줄리아. 봄이 왔지?"

"네. 어머니. 날씨가 너무 좋아요."

"모두가 하느님의 보살핌 때문이란다."

"맞아요, 어머니."

"줄리아. 민들레와 질경이는 식용이면서 약초로도 쓰인단다. 봄나물로 먹을 때는 초봄의 새순이 아주 좋아."

"왜요? 어머니."

"동토(凍土)의 찬 기운을 금방 뚫고 나온 기운이 있어서야. 그리고 봄나물 중 최고의 나물은 냉이란다. 달고 화평해서 부작용 없이 누구라도 먹을 수 있는 건강 나물이지."

"나물 그 자체가 건강 덩어리네요."

"그렇단다."

"그리고, 두릅이라는 나물이 있단다."

"어머니. 무슨 나물인데요?."

"두릅도 갓 올라온 새순이 최고야. 기운이 없는 사람들이 이걸 먹으면 바로 건강해진단다."

"어머니. 그럼 두릅의 효능은 어떠하나요?"

"위(胃)를 왕성하게 하기 때문에 위궤양을 치료해준단다."

"참으로 신비한 자연의 섭리(攝理)네요."

"그래. 어느 것 하나 자연에는 이치가 없는 것이 없다는 것을 명심해야 한다."

"네. 어머니."

잠시 후 어머니와 줄리아는 성서를 폈다. 어머니는 '창세기 27장 28절을 읽어보자'고 했다. 두 사람은 성서를 펴고서 소리 내어 읽었다.

'하느님께서는 너에게 하늘의 이슬을 내려 주시리라. 땅을 기름지게 하시며 곡식과 술을 풍성하게 해주시리라.'

성서를 읽던 줄리아가 어머니에게 물었다.

"그런데 어머니. 성서 밑에 나와 있는 '다간(dagan)'과 '티로쉬(tirosh)'는 무엇을 의미하나요?"

'참으로 대단한 아이로구나. 이런 것을 질문하다니…'

오랜 동안 성서를 읽고 하느님의 종으로 살던 사람들도 이러한 의문점을 가져보지 않았기 때문이다.

"그래. 설명을 해주마. '다간'은 밭의 생산물을 의미하고, '티로쉬'는 포도원의 생산물을 의미한단다. 주석이 히부리어라 좀 어려울거야."

"네. 그럼 새로 수확한다는 의미이겠군요."

"그래. 그래. 맞아."

쥬스타는 마음속으로 또 한 번 놀랐다. '도대체 이 아이는 어떤 아이란 말인가. 이 아이의 시작은 어디이고 끝은 어디일까.'

쥬스타는 자연스럽게 '노아의 방주'에 대한 이야기로 옮겼다.

"얘야. 노아의 방주에 대해 공부해보자."

"네. 어머니. 좋아요."

"노아의 방주에 사용했던 목재가 있단다."

"어머니. 배는 목재로 만들지 않나요?"

"그래. 그 배를 만든 목재가 바로 전나무(이태리의 편백나무)라는 것이야. 이 나무는 내구성이 뛰어나지. 다시 성서를 펼쳐보거라."

줄리아는 어머니가 시킨대로 성서를 폈다. 그리고서 큰 소리로 읽었다.

'너는 이 전나무로 방주 한 척을 만들어라. 그 방주에 작은 방들을 만들고, 안과 밖을 역청으로 칠하여라.'

"그렇군요. 어머니! 성서는 참으로 신비스럽기 그지없어요."

"그렇단다. 그래서 하느님께서 천지를 창조하신거지."

"어머니! 오늘도 큰 배움을 얻었어요."

"중요한 것은 노아가 하느님께서 명령하신대로 그대로 실행하였다는 것이다."

"어머니. 저도 하느님께서 명령하신대로 살아갈게요."

"넌 참으로 예쁜 나의 딸이로구나."

***

쥬스타와 줄리아는 나가사키로 가기 위해 배를 탔다. 배는 남만선(南蠻船)이 왕래하는 부두(波止場)에 도착했다. 기이한 남만선들이 볼거리였다.

"1571년 포르투갈 선박과 포르투갈 사람들이 빌린 중국 선박이 처음으로 나가사키 항에 들어왔다. 이후에도 포르투갈 선박은 매년 방문하여 나가사키는 국제적 도시로 급속하게 발전했단다."

"신기한 배들이 많아요. 배들이 사람과 물건들을 세계로 운반한다는 것이 신기하기만 해요. 어머니!"

"그래. 배가 바로 세계를 연결하는 교통수단이지. 1582년 '이토(伊東)만쇼', '지지와(千千石)미게루', '나카우라(中浦)줄리안', '하라(原)마르치노'라는 4명의 덴쇼(天正, 1573-1591) 소년 사절단이 로마를 향해 출발한 곳도 이 항구였다."

"어머니! 남만선(南蠻船)에 대해서 말씀해 주세요."

"그래. 남만선 개념은 할머니께서 더 잘 아시지만 중국과는 다소 차이가 있다. 일본에서는 포르투갈이나 스페인 등 유럽에서 오는 선박을 '남만선'이라고 했으니, 중국은 남방에서 오는 모든 선박을 총칭해서 '남만선'이라고 하지."

"조금은 이해가 되요. 어머니."

"여기에서 나가사키를 개항한 오무라 스미다테(大村純忠)님에 대해서 알아둘 필요가 있어."

제3장 성모님의 품으로 _ 93

"어떤 분이신데요? 어머니."

"일본 최초의 기리스탄 다이묘이시다."

그렇다. 1563년 '코스메 데 토레스(Cosme de Torres, 1510-1570)' 신부로부터 세례를 받은 오무라 스미다테(大村 純忠, 1533-1587)는 일본 최초의 기리스탄 다이묘이다. 토레스(Torres)는 스페인 출신으로 프란시스코 하비에르(1506-1552)와 함께 일본에 입국한 예수회 소속의 선교사이다.

오무라 스미다테는 1570년 나가사키의 개항을 승인했다. 그 결과 나가사키에 포르투갈 배가 정기적으로 내항하게 됐다. 나가사키가 세계를 향한 뱃길을 활짝 열었던 것이다. 하지만, 역사는 그에게 평탄대로의 길을 걷도록 내버려 두지는 않았다. 1572년 다른 성주(後藤·松浦·西鄕)들의 공격이 계속됐고, 나가사키 최초의 교회가 화염에 휩싸이기도 했다.

"어려운 가운데서도 오무라(大村)님은 신념을 잃지 않고 예수회의 부강을 위해 헌신적으로 노력하셨단다. 놀라운 것은 그의 영지에는 6만 명이 넘는 신자가 있었단다. 이는, 일본 전체 신자의 절반에 이르는 엄청난 숫자였지."

"대단한 분이시네요. 주님의 은총을 한 몸에 받으신 분이시네요."

"정말 훌륭하신 분이다. 지병으로 인해 몸이 쇄약해진 그 분은 1587년 6월 23일 '신부 추방령'이 내려진 전날 이 세상을 떠나시고 말았다. 돌아가시기 하루 전 '새장에 키우던 새 한 마리를 하늘로 날아가게 했다'는 이야기가 유명하다. '새를 함부로 다루는 시녀를 꾸짖었다'는 말도 감동적이야."

"어떤 말씀을 하셨는데요? 어머니!"

"새는 제우스님이 만든 것이므로 항상 가엾게 생각해라. 앞으로는 애정을 가지고 대하도록 하라."

모두가 루이스 프로이스(Luis Frois, 1532-1597)의 '일본사'에 수록된 내용이다. 그의 종교관이 그대로 드러나 있다.

오무라 스미다테(大村純忠)는 일본의 미래를 위해 소년들을 유럽에 보내는 일을 착수하기도 했다. 그 결과 자신을 비롯해서 지역 영주 아리마 하루노부(有馬晴信), 오토모 소린(大友宗麟)과 협의해서 4명의 소년을 선발했다. 이 중에서 3명은 오무라(大村)의 연고자였다. 4명의 소년들은 1582년 나가사키 항에서 열렬한 환송을 받으며 희망의 나라 로마로 떠났다.

소년들은 로마에서 교황 접견 등 환대를 받으며 8년의 세월을 체재한 후 1590년에 귀국했다. 유럽의 여러 나라에서 그리스도교가 융성(隆盛)한 것을 직접 목격한 그들은 신부가 되려고 했다. 그들은 1591년 7월 25일 아마쿠시(天草)에 있는 콜레지오(Collegio) 부속 수련원에 입교했다. 이들의 유럽 파견을 실질적으로 주도했던 '알레산드로 발리냐뇨(1539-1606)' 신부는 아마쿠사(天草)에 있는 콜레지오의 감사를 거쳐 두 번째 원장을 지내기도 했다.

하지만, 이들의 꿈은 당초대로 펼쳐지지 못했다. 막부의 기리스탄 탄압 정책때문이었다. 이토(伊東)는 1612년 병사(病死)했고, 지지와(千千石)는 1633년 사망했다. 하라(原)는 1629년 마카오에서 병사했고, 나카우라(中浦)는 1633년 나가사키에서 순교했다. 그들은 자신들이 꿈꿨던 세상을 만나지 못하고 각기 다른 길을 걷다가 생을 마감했다.

***

천주교에 호감을 가졌던 도요토미 히데요시가 1587년 6월 19일, 규슈를 제압한 이후 하카다(博多)에서 황당한 명령을 내렸다. 선교사를 일본에서 몰아내는 파테렌추방령(伴天連追放令)을 내린 것이다. 고니시를 비롯해 천주교인이 많은 규슈의 다이묘들은 당황하지 않을 수 없었다.

'일본은 신들의 나라이기 때문에 기리스탄(크리스천)들의 나라에서 온 신부들이 악마의 가르침을 펴기 위해 이 땅에 오는 것은 몹시 나쁜 일이다. 그들은 일본의 여러 영지에 와서 우리를 그들의 종파로 개종시키고 있다. 이 때문에 그들은 신들과 부처들의 사원을 파괴하고 있다.... 그런 일은 나쁜 일이므로 나는 신부들이 일본 땅에 있지 말아야 한다고 정하는 바이다. 이 결정에 따라 20일 이내에 자신들의 일을 정리하고 자국으로 돌아가야 한다. 만일 이 기간에 누구든 그들에게 해를 입힌다면 그 자는 그 일 때문에 처벌받는다.'

여기에서 다카야마 우콘(高山右近)을 빼놓을 수가 없다. 예수회 선교사 프란시스코 하비에르가 1549년 일본에 도착한 이래 기독교 세력은 한때 일본 열도를 뒤흔들었다.

위로는 천황 주변의 귀족이나 각지의 다이묘, 아래로는 임진왜란으로 끌려온 조선인 포로에 이르기까지 천주교의 세력은 사회 각계 각층을 거침없이 파고들었다. 특히, 다카야마 우콘, 고니시 유키나가, 구로다 요시타카, 오토모 소린, 오무라 스미타다, 아리마 하루노부 등의 기리시탄 다이묘라 불리었다. 이들의 연대의식은 무척 강했다. 영지 내 불교와 신도 세력을 탄압하는 등 기존의 종교를 심하게 위협하기도 했다. 여기에는 기리스탄 다이묘의 리더 격인 다카야마 우콘(右近)이 우뚝 서 있었다.

우콘(右近)은 오사카의 다카야마에서 태어났다. 1564년 12세 때 '유스트'라는 세례명을 받았다. 유스트는 '義人의 의미'이다. 1573년에 다카쓰키 성을 다스리게 되었고, 1578년에는 오다 노부나가 측에 들어가 기독교 교회의 안전을 보장받기도 했다. 그러다 1582년 혼노지(本能寺)에서 오다 노부나가가 부하 아케치 미쓰히데의 반란으로 죽음을 맞은 후 주군의 복수를 위해 도요토미 히데요시가 일으켰던 야마사키 전투(山崎の戰い)에서 선봉에 서서 용감하게 싸웠다.

그 후 도요노미 히네요시를 주군으로 모시면서 다카쓰키, 아즈치, 교토, 오사카 등에 있는 교회를 후원하고, 자신의 영지 안에 신학교를 세우는 등 활동을 활기차게 추진했다. 그는 고니시 유키나가, 구로다 요시타카 등을 포섭해서 기리시탄 다이묘를 만들었다.

기리스탄 추방령을 내린 후 도요토미 히데요시는 우콘에게 묻는다. 평소와는 달리 힘이 잔뜩 들어간 근엄한 목소리였다.

"우콘! 너는 무엇을 선택하겠느냐? 영주의 자리냐? 아니면 기리스탄이냐?"

"저는 기리스탄을 선택하겠습니다."

"기리스탄? 기리스탄을 버려라. 그렇지 않으면 너의 영지를 몰수한다."

"그렇게 하시지요. 영지는 욕심나지 않습니다. 주님과 함께 하겠습니다."

"뭐! 저런 놈이…저놈의 영주 자리와 재산을 모두 몰수하라!"

우콘의 영주 자격은 즉시 박탈되었고, 모든 재산은 몰수를 당했다. 그리고 권력자로부터 탄압을 받게 되었다. 그는 마에다 토시이에의 보호를 받아 가가(加賀) 번에 체류하게 된다.

이 소식이 로마에 전해지자 교황 식스토 5세는 다카야마 우콘에게 친히 위로와 격려의 서한을 보냈다고 한다. 이는 일본 기독교 사회에서 그가 차지한 위상을 보여주는 사건이라 할 수 있다.

다카야마 우콘(高山右近, 1552-1615)은 당시 천주교 다이묘이자 기리스탄의 리더 격이었다. 도요토미 히데요시의 종교 탄압에 의해 일본의 가가(加賀)에서 숨어 지내던 우콘은 도쿠가와 이에야스의 기리스탄 추방령에 의해 1614년 350여 명의 추종자들과 함께 일본 땅을 떠나게 됐다. 목적지는 필리핀의 마닐라. 긴 여행에서의 피로와 새로운 환경에 적응하지 못했던 그는 마닐라에 도착한 지 40일 만에 생(63세)을 마쳤다.

제4장
종전 (終戰)

• 1598년 8월

"급보?"

무더위 속에서 순천성(順天城) 축성에 여념이 없었던 고니시에게 급보가 전달됐다. 급보는 이시다 미쓰나리(石田三成)가 보낸 밀봉 편지였다. 고니시의 손은 자신의 의지와 관계없이 부르르 떨렸다. '편지 속에 들어 있는 내용이 불길하다'는 것이 본능적으로 감지됐기 때문이다. 편지의 내용이다.

'장군! 그곳이 어려운 상황이라는 것을 알고 있습니다. 그런데, 본국의 상황도 더욱 어렵게 되었습니다. 다이코(太閤) 전하께서 8월 18일에 승하하셨습니다. 전쟁을 마무리하고 철수하셔야 합니다. 5대 중신들이 곧 그렇게 결정할 것입니다. 국내 상황이 한 치 앞도 가늠할 수 없는 안개 속으로 빠져들고 있습니다.'

고니시는 마음속으로 되뇌었다.

'뭐라? 다이코 전하께서 승하하셨다? 차라리 잘 된 일이 아닌가.'

고니시는 공식적인 명령이 내려올 때까지 히데요시의 죽음을 비밀에 부치리라 생각했다. 마음속으로는 이미 퇴각을 준비하기 시작했지만. 순간 후시미성의 상황들이 머릿속에서 요동치고 있었다.

'한 바탕 소용돌이가 일어나겠구나.'

화평 조약도 물 건너갔다. 이순신이 꿈쩍도 하지 않고 오히려 명나라와 조선군에 의해서 아군이 포위당하고 있지 않은가. 철병도 결코 쉬운 일이 아니었기에 초조와 불안의 연속이었다.

"장군! 저기를 보십시오. 시마즈 요시히로와 소 요시토시 등이 500여 척의 배를 몰고 저희를 구원하러 오고 있습니다."

"그렇구나. 참으로 다행스러운 일이다."

고니시는 시마즈 요시히로와 소 요시토시 등이 500여 척의 배로 구원에 나서 해전이 벌어지는 동안 피로 물들은 남해안을 빠져나와 가까스로 웅천성에 도착했다. 1592년의 임진왜란과 1597년의 정유재란이 막을 내리는 순간이었다.

- 1598년 11월 26일-

고니시는 겨울 바닷바람을 맞으며 부산항을 떠나게 되었다. 배에 오른 고니시는 마음이 차잡했다. 부산항을 바라보면서 옆에 있는 동생 유키가케와 진솔한 대화를 나누었다.

"장장 일곱 해 동안, 두 번의 전쟁을 일으켜서 조선의 산하를 유린하고 살생을 저지른 의미 없는 침략 전쟁이 마감되는구나."

"그렇습니다. 정말 의미 없는 전쟁이었습니다."

"전쟁 중에 아버님의 임종도 지키지 못했으며, 친동생 요시치로(與七郎)와 사촌 안토니오, 히비야(日比谷) 아고스트 등을 비롯해서 아까운 장수들과 병사들을 많이 잃었구나. 참으로 가슴 아픈 일이로다."

갑판에 오른 고니시는 검은 바다를 바라보면서 성호를 그으며 그들의 명복을 빌었다. 동생 유키가케도 함께 기도했다. 목에 건 십자가가 햇볕을 받아 반짝거렸다.

'주 예수 그리스도님. 저희를 도와주시어 미움과 불신을 버리고 진리 안에서 서로 사랑하며 하나의 공동체를 이루게 하소서'

고니시의 뺨에 눈물이 흐르는 찰나, 파도가 거칠게 몰아쳐서 얼굴에까지 튀었다. 파도 때문에 고니시가 눈물을 흘리는 모습을 아무도 눈치채지 못했다. 언제 다시 찾을지 기약 없는 조선과 영원히 작별하는 마지막 회한의 눈물이 바닷물과 함께 그의 얼굴을 적시었던 것이다. 그리 오래되지 않은 흐름을 타고서 배는 쓰시마의 이즈하라에 이르렀다.

"아버님!"

"오! 마리아로구나."

고니시를 마중 나온 딸 마리와가 나눈 짤막한 인사말이었다. 고니시와 사위 요시토시가 배에서 내리자 귀환을 환영하는 사람들이 함성을 질렀다.

"만세! 만세! 고니시 장군 만세!"

그러나, 고니시는 그들의 환영을 받을 만한 입장이 아니었다. 그래도 그들에게 답례를 하지 않을 수 없었다.

"여러분! 감사합니다."

고니시는 섬사람들의 함성을 뒤로하고 가네이시 성으로 들어갔다. 잠시 휴식을 취한 후에 안채해서 술자리를 가졌다. 먼저 마리아가 고니시에게 술을 따르며 말했다.

"아버님! 고생 많으셨습니다. 순천성에서 치열한 해전이 벌어졌다고 들었습니다. 이 사람(소 요시토시)과 시마즈 요시히로 장군이 500척의 배를 동원해서 구원 작전을 펼쳤다지요?"

"역시 장수의 아내로다. 그런 일까지 알고 있다니…"

"당연히 알고 있어야지요. 자, 당신도 한 잔 받으시지요."

"그래요. 고마워요."

고니시에게는 기억하고 싶지 않은 숨 막히는 혈전이었다. 마리아의 말대로 구원 병력이 없었다면 어떻게 되었을까. 어쩌면 이와 같은 술자리도 없었을 것이다.

"오늘은 저희들과 즐거운 이야기만 나누시지요. 내일 아침에 떠나시면 언제 또 뵐지 모르잖아요."

"그러자. 자네도 한 잔 받게. 그동안 전쟁터를 헤매느라 부부 생활도 제대로 못했지 않은가. 마리아를 잘 부탁하네."

고니시는 사위 요시토시에게도 술을 권하면서 딸을 부탁했다.

"네. 아버님! 걱정 마십시오."

"전쟁이 시작되었을 무렵에는 20대 중반이었는데 자네도 어느덧 30대의 무장이 되었네 그려."

"그렇습니다. 세월이 참으로 빠르게 지나갑니다."

이때 마리아가 다시 두 사람의 대화에 끼어들었다.

"아버님께서 평양성에서 후퇴하실 때 불길 속에서 구해 '영특한 아이다'라고 저에게 보내셨던 아이를 기억하세요?"

"그래. 맞아. 그 코 흘리게 아이. 참 그 아이는 어떻게 되었느냐? 세스페데스 신부님으로부터 잠깐 들은 적이 있었으나 까맣게 잊고 있었다."

"그 아이는 지금 어머님 슬하에서 잘 자라고 있습니다."

"그래? 내가 오사카(大阪)에 들렀다가 우도(宇土)로 갈 것이다. 아마 내년 봄쯤 될 것 같다. 그 때 세스페데스 신부님도 모실 생각이다. 그 아이도 그때 볼 수 있겠구나."

"아버님! 저도 때를 맞추어 우도로 가겠습니다. 신부님도 뵙고 싶고, 그 아이도 보고 싶습니다."

"그래. 좋은 생각이다. 그렇게 하도록 해라."

다음날 고니시는 쓰시마를 떠났다.

'언제 다시 쓰시마에 오겠는가.'

고니시는 배의 갑판에 앉아서 쓰시마 너머에 있는 조선과도 다시 한번 작별 인사를 했다.

조선(朝鮮)!

문명과 문화가 발달한 나라가 아닌가. 고니시는 16세기 초 후안 로드리게스(Juan Rodriguez) 신부가 쓴 조선에 대한 기록이 떠올랐다. '코라이(Corai)와 일본의 역사를 살펴 볼 때 자신들을 코레(Core)라 부르던 나라. 중국은 이들을 '카울리'라고 불렀다.'

고니시는 아름다운 나라 조선과 영원한 작별을 하면서 도요토미 히데요시 이후에 전개될 일본의 정국을 걱정했다.

도요토미 히데요시(豊臣秀吉)가 사망하자, 일본 정국은 또 한 번 심하게 요동칠 조짐 속에 정중동. 도요토미 히데요시의 장례식은 예정대로 거행됐다.

《2》

• 1599년 8월

　마리아는 쓰시마를 출발했다. 규슈의 나가사키(長崎)로 가기 위해서다. 그러나 태풍을 만나 어쩔 수 없이 이키(壹岐)섬에서 내렸다. 태풍은 좀처럼 수그러들지 않고 바다 속 밑바닥 까지 끌어올리려는 듯 포효했다. 자연 앞에서 속수무책인 인간임을 다시 한 번 생각하면서 하느님께 기도했다. 이키 섬에서 나흘을 머물다가 나가사키에 도착했다. 마침 세스페데스 신부가 나가사키에서 선교활동을 하고 있다는 소식을 접하고서 반가운 마음에 그를 만나러 갔다.

　"신부님! 그동안 강녕하셨습니까?"

　"네. 마리아 님! 어서 오십시오. 그동안 잘 지내셨습니까?"

　"네. 주님의 은총으로 이렇게 건강합니다."

　"그렇군요. 마리아 님의 굳건한 신앙심을 익히 알고 있습니다."

　두 사람은 인사를 나누자마자 주님께 기도했다. 묵주기도는 '고통의 신비'였다. 어쩌면 마리아에게 다가올 먹구름을 예견하는 기도이기도 했다.

　"예수님께서 우리를 위하여 십자가에 못 박혀 돌아가심을 묵상합니다."

　기도가 끝나고 잠시 침묵이 흘렀다. 마리아가 입을 열었다.

"신부님! 앞으로의 정국이 심상치 않아 보입니다. 아버님도 걱정이 되고요."

"그렇습니다. 한 바탕 요동을 칠 것 같습니다."

"그래서 우도성에 가서 어머님을 뵈려고 합니다. 아버님께서도 곧 우도성에 오실 것입니다."

"그렇습니까? 저도 동행하겠습니다. 장군을 뵙고 싶습니다."

"그러시지요."

마리아와 세스페데스 신부는 우도성을 향해 뱃길을 돌렸다. 이들이 우도성에 도착하자 쥬스타가 반갑게 맞았다.

"어머님!"

"그래. 어서 오너라."

그리고 마리아는 오랜만에 만난 줄리아의 손을 맞잡고 인사를 나누었다.

"와! 그동안 줄리아가 많이 자랐네?"

"어서 오세요. 마리아 님!"

"우리말 실력도 부쩍 늘었구나."

"아직 많이 부족해요. 마리아 님!"

이렇게 인사를 나누고 있는 사이에 고니시 장군의 일행이 도착했다.

고니시와 쥬스타는 전쟁으로 오랫동안 헤어져 있다가 실로 오랫만에 상봉의 기쁨을 나눴다.

"여보, 그간 잘 지내고 있었오? 인편으로 소식을 듣긴 했지만, 이렇게 건강한 모습으로 다시 만나니 기쁘기 한이 없오. 이제 전쟁도 끝났으니 여유를 가지고 지내도록 합시다."

"네, 저도 너무 기쁩니다. 전쟁터에서 이렇게 건강한 모습으로 살아 오셨으니까요."

"오! 신부님도 오셨군요. 어렵게 조선에까지 오셔서 고생을 많이 하셨는데 귀국해서 다시 뵈니 무척 반갑습니다. 이 모두가 하느님의 은혜입니다."

"장군, 말씀하신 것처럼 모든 것이 하느님의 은혜이고 섭리입니다. 제가 예기치 않게 조선으로 건너가 선교를 한 것도, 우리가 이렇게 건강한 모습으로 한 자리에 모인 것도 모두 주님의 큰 은혜입니다."

이어서 쥬스타가 자기 옆에 수줍은 모습으로 어색하게 서 있는 줄리아를 남편에게 소개했다.

"여보, 이 아이가 누구인지 아시겠어요?"

"아, 평양성에서 울고 있었던 그 아이가 아닌가요?"

"네, 맞아요!"

"세월이 참으로 빠르기도 하구나. 그 사이에 정말 많이 컸어. 얘야, 이리 와 보렴"

고니시와 쥴리아가 감격적인 재회를 하는 모습을 지켜보고 있던 쥬스타가 고니시에게 말했다.

"얼마전에 모레홍 신부님으로부터 세례를 받고 기리스탄이 되었답니다. 세례명이 쥴리아예요. 성경도 열심히 읽고, 믿음도 진심이어서 모두 기뻐하고 있어요. 얼마나 사랑스럽고 영특한지 모르겠어요."

"오, 그래요? 쥴리아라고? 내가 평양성에서 처음 본 순간 뭔가 특별한 아이라는 생각이 들었었는데... 내 눈이 틀리지는 않았었네요."

"아버님이 주님께서 예비하신 자녀를 제대로 찾으셨어요." 마리아가 끼어들었다.

"네 말이 맞다. 하느님의 자녀로 성장한 쥴리아를 보니 이렇게 기쁠 수가 없구나."

고니시는 감격한 나머지 쥴리아의 머리를 쓰다듬으면서,

"쥴리아야, 신부님 말씀 잘 듣고 더욱 열심히 성경을 읽어서 훌륭한 주님의 자녀로 자라다오."

"네!"

서로의 안부를 묻는 반가운 마음과 즐거운 분위기는 짧은 시간에 불과했다. 고니시 장군이 무겁게 입을 열었기 때문이다.

"사실은…"

마리아는 아버지의 입술이 천근만근 무겁게 움직이는 것을 보면서 사태의 심각성을 인지했다.

"나는 어쩔 수 없이 도쿠가와 이에야스와의 전투에 나가기로 했다."

"네? 전투라니요?"

세스페데스 신부를 비롯해서 부인 쥬스타와 딸 마리아가 눈을 크게 뜨면서 이구동성으로 말했다.

"나는 이시다 미쓰나리(石田三成) 편에 서려고 해."

"무슨 특별한 이유라도 있으시나요? 전쟁을 그토록 싫어하시는 아버님께서 골육상잔의 싸움에 끼어드시다니요?"

"나도 잘 알고 있다. 이유는 단 한 가지다. 전투에서 승리하면 이 땅에 천주님의 교회를 세워주겠다고 이시다(石田) 님이 약속했기 때문이야."

"장군의 뜻은 거룩하십니다만, 승산 없는 싸움이 될 수도 있습니다."

"그렇습니다. 아버님!"

"나의 결심은 이미 섰어. 주님의 뜻으로 생각하고 있고…"

"그래도 결심을 바꾸시면 좋겠습니다. 장군!"

"나는 다카야마 우콘 님처럼 당당하지 못했던 것이 늘 마음에 걸렸다. 겉으로는 기리스탄이 아닌 것처럼 히데요시 님에 대한 면종복배(面從腹背)의 자세에 젖어 있었어. 조선 침략의 경우도 마찬가지다. 내심 전쟁을 반대하면서도 겉으로는 권력자의 명령을 추종하지 않았던가. 마지막으로 속죄하는 마음으로 도요토미 가(家)를 위해서 이 한 몸 바칠 생각이야."

그렇다. 어쩌면 그의 마음속에 늘 내재하고 있었던 갈등이었다. 고니시는 피할 수 없는 자신과의 싸움을 위해서 세키가하라 전투에 참가하려고 마음을 굳혔다. 이 또한 인간의 능력으로서는 해결할 수 없는 운명적인 길이었다.

쥬스타와 세스페데스 신부, 마리아와 줄리아. 그 누구도 고니시의 고뇌에 찬 결심을 되돌릴 수 없었다.

《3》

고니시 장군이 우도성을 떠난 며칠 후 마리아는 다시 나가사키(長崎)를 향해서 떠났다. 순교자의 언덕을 가기 위해서다. 쓰시마에 시집가자마자 순교자들이 겪은 고난의 소식을 접하고 얼마나 가슴이 아팠던가. 마리아는 아픔의 현장을 꼭 한 번 보고 싶었다. 어머니에게 부탁해서 줄리아를 데리고 가기로 했다. 줄리아의 신앙심을 더욱 굳건히 해주기 위해서였다.

"줄리아! 오늘 우리가 가는 곳은 나가사키 26성인이 순교한 곳이란다."

"아니, 그렇게 많은 사람들이 한꺼번에 순교를 하였나요?"

"그래. 참으로 안타까운 일이다. 일본에 기독교를 처음 전파한 분은 프란시스코 사비에르(Franciso de Xavier)님이다. 그분은 1550년 8월에 나가사키의 히라도(平戸)에 들어가셔서 선교활동을 했단다. 그러던 중 1587년 다이코 각하에 의해서 신부들의 추방령이 내려졌단다."

"추방령이라니요? 그래서 어떻게 되었나요?"

"1597년 2월 5일 마침내 대사건이 벌어지고 말았다. 다이코 각하의 명에 의해 바로 이곳 나가사키(長崎)의 니시자카(西坂) 언덕에서 신부님과 신도 등 26명이 무참하게 처형되었단다.

다이코 각하는 임진왜란을 일으켜 조선을 침략한 일 외에도, 신앙을 이유로 '처형의 명령을 내린 일본 최초의 권력자'라는 불명예를 가지게 되었다."

"모두가 외국인 신부님들이셨나요?"

"일본인이 압도적으로 많은 20명, 스페인이 4명, 포르투갈과 맥시코인이 각 1명이었다. 일본인 성인에는 12살·13살·14살의 어린이가 세 명이나 끼어 있었다. 최초 24명은 이미 교토(京都)의 호리가와(堀川) 거리(通)에서 왼쪽 귓불이 잘린 상태였다. 히데요시(秀吉)는 당초 이들의 코와 귀를 베라고 했으나, 부하들의 배려로 귓불만 잘린 것이다.

이들이 처형당하기 위해 나가사키로 오는 과정도 험난했다. 오사카(大阪)·교토(京都)를 출발해서 나가사키까지 도보로 1,000km를 끌려왔던 것이다. 그들을 돕기 위해 따라오던 베드로 신부와 프란시스코 신부도 체포되어 24명과 합류하는 불운을 당하고 말았어."

슬픈 역사적 사실이다.

처형장 나가사키(長崎)의 니시자카(西坂) 언덕. 그날따라 안개가 자욱했다. 사람들의 마음도 안개처럼 앞이 보이지 않았다. 히데요시의 부하들은 나가사키 시민들의 동요(動搖)가 두려워 외출금지 명령까지 내렸다. 그러나, 권력에도 한계가 있었다. 4000명이 넘는 군중이 몰려들어 순교자들의 마지막 가는 길을 배웅했다.

"실제로 현장에 계셨던 세스페데스 신부님도 엉엉 우셨단다. 어린 아이처럼."

"세스페데스 신부님이 직접 당신의 눈으로 보셨다는 말씀입니까?"

"그래. 얼마나 가슴이 아프셨을까."

줄리아는 이해할 수 없었다. 양아버지가 비록 이시다(三田)님과 한편이 된다고는 하나 이토록 천주교 탄압을 한 도요토미 히데요시를 위한 전투에 나간다는 것을.

"마리아 님!"

"그래. 줄리아!"

"제가 어려서 잘 모르겠습니다만, 아버님은 왜 기리스탄들을 처형하라는 명령을 내린 '나쁜 권력자'를 위해서 전투에 나가시나요?"

"글쎄다. 우리가 알 수 없는 어른들만의 정치 세계가 있으실 것이다."

줄리아는 기도하고 또 기도했다. 모든 사람들이 싸우지 않고 평화롭게 살기를 바라는 마음으로 기도한 것이다.

제5장

불행의 서막

《1》

• 1600년 9월 15일

"히데요시 전하가 남긴 아들 히데요리(秀賴)의 세상이 영원히 이어지기를 사람들이 바라고 있다."

히데요시가 죽은 직후 어느 날. 그의 비서실장 격인 이시다 미쓰나리(石田三成)가 오사카(大阪)성 천수각에서 주변의 장수들과 부하들에게 한 말이다.

"저 번창함을 보라! 돌아가신 다이코 전하의 위대함을 알 수 있지 않은가….사람들은 날마다의 생활을 즐거워하고, 내일도 역시 도요토미 가(家)의 보호 아래 그러하리라고 기원하는 것 같도다."

망상과 착각 속에서 미쓰나리(三成)는 그들에게 간접적인 압력을 넣었다. 과연 그럴까. 그의 책사 시마 사콘(島左近)은 걱정이 태산이었다. 그래서 한마디 충고를 했다.

"주군! 인간은 이해관계로 움직이는 것이지, 정의로 움직이는 것이 아닙니다."

"무슨 소리. 정의가 살아 있어. 분명히 나의 뜻대로 움직일 거야."

그래도 시마 사콘은 주군 미쓰나리의 오판(誤判)을 걱정하고 있었다.

동군(이에야스)과 서군(미쓰나리)이 포진을 마친 것은 1600년 9월 15일(음력) 오전 7시 30분. 일본 역사의 커다란 갈림길에서 동군 7만 5천명과 서군 8만 4천 명이 세키가하라(関ヶ原)에 집결했다.

좀처럼 속마음을 드러내지 않는 이에야스였으나 '세키가하라 전투'에서는 더없이 초조하고 불안했다.

"과연 각본대로 갈 것인가?"

"지형적으로도 우리가 유리하다. 이 너구리같은 영감이 애를 태우고 있을 것이다."

사사오산(笹尾山)에 진을 치고 있던 서군의 미쓰나리는 자신만만했다. 지형적인 조건을 이용해서 동군을 끌어들인 후에 이들을 격파하려는 것이었다.

"안개가 방해를 하는 구나!"

이에야스의 넋두리다. 한 치 앞도 볼 수 없는 짙은 안개는 전투의 승패를 예측할 수 없게 하는 장애물이었다. 이때 짙은 안개 속으로 적을 향해 나아가는 동군의 보병 부대가 있었다. 300명 정도의 보병을 이끌고 남몰래 앞지른 부대장은 이에야스의 넷째 아들 마쓰다이라 다다요시(松平忠吉)였다.

잠시 후 안개가 걷히고 적의 깃발과 인마의 무리가 보였다. 그들은 안개 때문에 적진 앞까지 다가갈 수 있었던 것이다. 이때 뒤 쫓아온 동군 구로다 나가마사(黑田長政) 측에서 서군 우키타 히데이에(宇喜多秀家) 부대를 향해 총격을 가했다. 이것이 세키가하라 전투에서 최초로 울린 총소리였다.

"틀림없이 총소리가 났어. 소라 고동을 불어라! 함성을 지르라고 해라!"

도쿠가와 이에야스의 본진 3만 명이 일제히 함성을 지르기 시작했다. 그러나, 정오가 가까워질수록 서군이 우세했다. 모모쿠바리 산의 이에야스는 긴장의 강도가 더해져 의자에 앉아 있을 수가 없었다. 그러면서도 이에야스는 고바야카와 히데아키(小早川秀秋)의 배신을 기대했다. 히데아키(秀秋)의 배신은 그의 부장(副將)들 사이에서도 논쟁이 있었다.

"어르신은 도요토미 가를 멸망시킬 셈인가. 그것을 아시면서 배신을 한다는 말인가. 나는 무사로서 받아들일 수도 참을 수도 없어."

"배신이 패덕(悖德)인 것은 사실이지만, 히데아키 님은 일개 사무라이가 아니올시다. 우두머리올시다. 우두머리의 배신은 배신이 아니라 무략(武略)이라오."

히데아키의 배신은 전쟁의 승패를 좌우하는 결정적 요인이었다. 그로 인해 미쓰나리의 서군은 와르르 무너지고 말았다.

이 전투는 동군이 절대적으로 불리한 위치에 있었지만 교섭의 명수, 밀약의 대가(大家)였던 이에야스의 지모(智謀)는 서군의 배신·무저항·도망을 유도해 전투를 승리로 이끌었다.

결국, 이시다 미쓰나리의 독단은 '세키가하라 전투'에서 그에게 쓰라린 패배를 안기고 말았다.

《2》

동군의 총대장 도쿠가와 이에야스는 '세키가하라' 전투에서 승리의 나팔을 불었다. 서군의 편에 섰던 고니시는 '일단 몸을 피해야겠다'는 생각으로 산속으로 숨었다. 조선 침략의 제1선봉장이자 우도성의 다이묘로서의 체면이 완전히 땅에 떨어지는 상황이었으나 어쩔 수가 없었다. 작은 동굴에 숨어 잠시 숨을 돌릴 수는 있었으나 오랫동안 머무를 생각은 아예 없었다.

'산 정상으로 올라가 보자.'

산꼭대기에 올라가서 전황을 살펴볼 생각이었다. 하지만, 체력이 따라 주지 않았다. 바위에 앉아서 흘러가는 구름을 바라보면서 회한에 잠겼다. 순간 한 무리의 병사들이 함성을 지르면서 몰려왔다.

"고니시가 저기 있다."

고니시는 순순히 포승줄에 묶였다. 결국, 감옥에 갇히고 목에 무거운 칼이 씌워졌다. 미쓰나리가 체포된 것은 5일 후인 9월 21일이었다. 안코쿠지 에케이도 이미 체포되어 감옥에 갇힌 상태였다.

'며칠 후면 처형을 당할 것이다.'

고니시는 차라리 잘된 일이라고 생각했다. 하지만, 도쿠가와 이에야스는 그들을 순순히 죽이지 않았다.

"고니시를 안장 없는 말에 태워서 고향 마을 사카이의 거리를 돌게 해라."

죄인의 몸이 되어 고향 마을 사람들에게 '자신의 추한 모습을 보인다'는 것은 치욕스런 일이었다. 하지만, 고니시는 전혀 개의치 않았다.

'예수님! 십자가를 메고 예루살렘 거리를 걸어서 처형장으로 가신 당신의 모습이 연상됩니다. 그동안 온전한 신앙인이 되지 못했던 저를 용서해주십시오. 이제야 말로 당신의 곁으로 갑니다. 예수님의 품속으로 가렵니다. 저의 몸과 마음에 씌워진 악(惡)의 칼에서 벗어나려고 합니다.'

고니시는 묵주 기도를 하면서 묵인채로 사카이 거리를 돌고 돌았다. 거리에 모인 고향 마을 사람들이 오히려 기도하면서 그를 위로했다.

• 1600년 10월 1일.

눈에 핏발이 선 도쿠가와 이에야스는 고니시를 바라보며 목소리를 높였다.

"할복하라. 장군으로서의 마지막 모습을 당당하게 보여라!"

"싫다. 나의 목을 쳐라. 기리스탄인 나는 하느님께서 주신 목숨을 스스로 끊을 수가 없노라."

"저런, 저런, 저자의 목을 쳐라."

절박한 순간에도 고니시는 정토종 승려가 머리 위에 경문을 대려고 하자 소리를 버럭 질렀다.

"기리스탄에게 불경을 올리다니…불경 따위는 필요 없다. 고해성사를 하고 싶다. 구로다 나가마사를 불러 달라."

"안 된다. 아무도 부를 수 없다. 사제를 불러오는 것조차 허락할 수 없다."

서로간의 실랑이가 벌어졌다. 죽음을 앞둔 순간이었다. 다시 고니시가 입을 열었다.

"그렇다면 포르투갈 왕비 오스트리아의 마르가리타(Margarita de Austria-Estiria)로부터 선물 받은 예수와 성모 마리아의 성상(聖像)을 달라."

마지못해 도쿠가와 이에야스는 고니시의 마지막 소원을 들어주었다. 고니시는 두 손으로 성상을 자신의 머리에 세 번 대고 난 뒤에 눈을 감았다. 잠시 후 망나니에 의해서 목이 떨어지고 말았다. 고니시는 천주교의 교리에 따라 할복자결을 거부하고 효수(梟首)를 당했다. 도쿠가와 이에야스는 마지막 명(命)을 내렸다.

"고니시의 목을 산조오오하시(三條大橋: 현 교토 시의 동서 통로인 다리)에 걸어라."

신도들은 고니시의 시신을 비단으로 쌌다. 그 과정에서 그의 옷깃에 실로 꿰매진 유서를 발견했다. 수신은 아내 쥬스타였다. 시신은 교토의 예수회 사원으로 옮겨졌다. 장례 행사는 천주교의 의식대로 치러졌다. 이에야스가 거기까지는 간섭하지 않았다.

《3》

• 1600년 10월 20일

가을바람이 차가워졌다. 은하수는 더욱 높아졌고, 별들은 더욱 초롱초롱해졌다. 쥬스타 부인은 화려한 은하수에 정신이 팔려 한 동안 세키가하라 전투의 상황을 잊어버렸다. 하지만, 또렷하게 모습을 나타내고 있는 가을철 별자리들을 보면서 다시 상념에 잠겼다. 역시 큰 사각형 모양의 페가수스자리가 눈에 확 들어왔다.

'가을 말답게 아주 살이 많이 졌구나.'

쥬스타의 말은 틀리지 않았다. 페가수스의 몸통에 해당되는 사각형은 가을하늘의 중심부라서 바로 찾을 수 있었다. 이때 줄리아가 옆으로 다가왔다.

"어머니! 왜 하늘을 그토록 열심히 바라보시고 계시나요?"

"그래. 마침 잘 왔구나."

"저기 페가수스를 타고 가을 하늘을 날아볼래?"

"천마 페가수스자리를 보고 계셨군요. 그래요, 어머니!"

"역시 너는 할머니로부터 천문에 대한 공부를 많이 했구나."

"그런데, 어머니! 페가수스를 쟁취한 벨레로폰은 왕의 후계자가 된 후 연이은 승리로 자만심에 빠졌다고 들었습니다. 물론, 그리스 신화지만…"

"그래, 그는 신들의 세계로 가기 위해서 페가수스를 타고 하늘을 날았다지? 자신이 신인 양 착각해서 말이야."

"제왕 제우스로부터 벌을 받은 까닭에 벨레로폰은 땅에 떨어져 장님이 되고 절름발이가 되어 비참한 최후를 맞았다고 할머니로부터 들었습니다."

"사실은 페가수스 자리를 보면서 걱정을 하고 있단다. 이시다 미쓰나리 님이 주변 사람들로부터 덕망 있는 장수로 인정을 받지 못하고 있기 때문이야. 아버님이 걱정이 되는 구나. 그놈의 의리가 무엇인지…"

"그러시군요. 어머니! 크게 걱정 안하셔도 될 것 같습니다만."

"아니다. 상황이 그렇지 않아."

이때 형님을 대신해서 성을 지키고 있던 시동생 고니시 유키카게(小西行景)가 황급히 달려왔다.

"형수님!"

"도련님. 무슨 일입니까?"

"가토 기요마사의 선발 부대가 이쪽으로 진격해 오고 있다는 보고입니다."

"그래요? 너구리 이에야스의 명령이겠지요. 그 쪽의 상황이 많이 불리한 것 같군요."

"형수님! 결과는 아무도 예측할 수 없습니다. 아직까지는…"

그들은 아직까지 세키가하라의 상황을 인지하지 못하고 있었다. 그러나, 내심 걱정이 태산이었다.

"아닙니다. 저는 군대의 전투나 전략에 대해서는 잘 모르지만 이시다 미쓰나리 님을 잘 압니다. 서군이 패했군요. 그의 평소 행동으로 보면 분명히 배신자들이 많이 나왔을 것입니다. 가토 기요마사도 그 중의 한 명이지요."

고니시의 부인 쥬스타의 예측은 적중했다. 이시다 미쓰나리가 이끄는 서군은 세키가하라 전투에서 병력의 우세에도 불구하고, 동군인 도쿠가와 이에야스에 의해서 완벽하게 패배하고 말았다.

감각이 뛰어난 쥬스타 부인은 불안한 내색을 하지 않고 시동생 고니시 유키카게(小西行景)를 향해서 다시 입을 열었다.

"그들의 군사 규모는 얼마나 되나요?"

"1만 3천명 쯤 될 것입니다."

"그럼…우리 쪽은 요."

"고작 2천입니다."

"1만 3천과 2천이라…숫자적으로는 엄청난 열세이군요."

"걱정 마십시오. 죽기 살기로 싸우면 승산이 있습니다. 형님이 얼마나 철저한 지침을 내리고 가셨다고요. 완벽하게 대비하고 있습니다."

세례명이 죠안인 고니시 유키카게(小西行景)-
고니시의 바로 아래 동생이다. 그는 가신들을 불러 모아 수비에 임하도록 했다.

"끝까지 싸워서 형님이 오실 때까지 버티어야 한다."

"네. 명심하겠습니다."

"그리고, 야쓰시로(八代)의 고니시 유키사게(小西行重)와 시마즈(島津)에게 사자를 보내 구원 요청을 하라. 서둘러라."

"네. 잘 알겠습니다. 군대가 부족할 테니 주민들이 참여하는 민병대를 조직하라고 하겠습니다."

"그렇게 하라!"

가신들은 고니시의 명령으로 생각하고 일사천리로 움직였다. 그러나, 상황은 녹록지 않았다. 장기전에 돌입한 가토 기요마사도 불안한 것은 마찬가지였다. 그는 참다못해 우도성 안에 있는 신부 두 명을 불렀다.

"신부님! 살생을 막기 위해서입니다. 고니시 유키카게에게 항복하라고 하시지요."

"장군! 종교와 군대는 무관합니다. 저희들이 나설 일이 아닙니다."

가토 기요마사는 보기 좋게 거절당했다. 그래도 포기하지 않고, 인명피해가 나지 않는 싸움으로 마무리하고 싶은 마음이었다. 어려서부터 경쟁자였던 고니시 유키나가. 조선과의 전쟁에서도 모든 공이 그에게 돌아가지 않았던가. 물론, 그의 잘못만이 아니라는 것을 안다. 이시다 미쓰나리가 중간에서 장난질을 쳤기 때문이다.

도요토미 히데요시를 생각하면 본인 역시 세키가하라 전투에서 서군의 편에 서야 했다. 그런데, 자신이 돌아선 것은 순전히 이시다 미쓰나리 때문이었다. 아무튼, 기요마사는 고니시의 식솔들이 무참하게 죽어나가는 것을 지켜볼 수가 없었다. 경쟁자였지만, 한 때 전쟁 동료였던 고니시에 대한 애절한 마음이 깊이 자리하고 있었기 때문이다.

낮은 구릉에 위치한 성은 많은 나무들로 우거져 있었고, 이름 모를 풀벌레들이 구성지게 울었다. 전쟁을 모르는 듯. 때마침 불어오는 바람에 낙엽들이 나뒹굴었다.

인생무상. 전쟁터를 질주하며 호랑이처럼 포효하던 가토 기요마사도 가을분위기는 어쩔 수 없는 쓸쓸함으로 다가왔다.

'낙엽이 떨어지니 나의 마음도 쓸쓸하도다! 하늘의 별들도 오늘따라 빛을 잃은 듯하구나!'

***

가토 기요마사가 가을밤 분위기에 심취해 있을 무렵 철통같은 감시를 뚫고 우도성으로 잠입하는 두 명의 병사가 있었다. 고니시의 가신 가토 요시시게(加藤吉成)와 호가 신고(芳賀新伍)였다. 이들의 잠입은 칠흑같이 어두운 밤이기에 가능했다. 그들은 작은 나룻배를 타고 아리아케 해를 통해서 우도성으로 들어왔다. 행색은 영락없는 거지꼴이었다.

"마님! 장군!"

"아니? 고생 많으셨군요."

"아닙니다. 저들의 눈에 띄지 않기 위해서 야음을 이용하느라 이렇게 늦었습니다."

제5장 불행의 서막 _ 129

고니시의 부인과 대리 성주 고니시 유키카게는 두 사람의 행색에서 이미 벌어진 사태를 간파할 수 있었다.

그들은 몸을 부르르 떨면서 고니시의 친필 편지를 대리 성주에게 전했다. 편지를 펼쳐 든 고니시 유키카게의 손도 떨리기는 마찬가지였다.

"서군이 대패했노라. 더 이상의 농성은 필요 없다. 가토에게 투항하라. 단 한 사람의 인명피해도 없도록 하라."

편지의 내용은 짤막했다. 그러나, 거기에는 함축적인 의미가 담겨 있었다. 설상가상. 가토 진영해서 전갈이 왔다.

"한 사람에게만 책임을 묻겠다. 대리 성주 고니시 유키카게는 할복 자결하라. 그러면 모든 사람들의 목숨을 부지해 주겠다."

"도련님! 저들이 이 소식을 이토록 빨리 알았을까요? 혹시 가토 요시시게와 호가 신고가 패전 소식을 저들에게 알렸을까요?"

"그럴 리가 없습니다. 형수님! 저들은 그럴 사람들이 아닙니다."

"하긴, 그것도 며칠 차이지, 대세에 큰 영향이 없겠지요. 괜히 다른 사람을 의심했군요."

쥬스타는 이미 각오하고 있었던 일이기에 더욱 빨리 체념했다. 그리고, 앞으로 닥칠 운명에 대해서 생각해봤다. 어차피 언젠가는 주님의 곁으로 갈 몸이 아니던가. 전쟁이라는 무모한 일에 의해서 남편과 같이 살아온 날은 손을 꼽을 정도뿐이었다.

'이제 하늘에서 남편과 많은 시간을 같이할 수 있다'는 생각이 오히려 기쁨으로 다가왔다. 쥬스타는 '줄리아'를 불렀다. '줄리아'도 사태의 심각성을 파악하고 있는 듯했다.

"줄리아! 요즘의 일들을 너도 알고 있겠지?"

"네. 알고 있어요. 아버님이 걱정됩니다."

"모두가 주님의 뜻 일거야. 하늘의 뜻을 따라야지."

"그래도 무슨 기적이 일어나지 않을까요?"

"아니다. 기적은 일어나지 않는다. 주님의 뜻을 따르자."

"네. 어머님!"

쥬스타와 줄리아는 성호를 긋고 기도했다. 우도성의 가을밤은 더욱 서럽게 깊어갔다. 풀벌레들의 울음소리마저도 슬프기 그지없었다. 다음 날 고니시 유키가케는 가토 진영에 편지를 보냈다.

"내가 모든 책임을 지고 할복하겠다. 내일 아침 성문을 열겠다. 대신, 형수님을 비롯한 식솔들과 신부님들에게 길을 열어주기 바란다."

"좋다. 그렇게 하겠다."

가토의 대답은 간단명료했다. 이렇게 해서 고니시의 부인 쥬스타를 비롯한 식솔들은 우도성을 떠나게 되었다.

쥬스타 부인은 남편을 대신해서 자신들을 지켜준 도련님에 대해서 무어라 말을 할 수 없었다. 단지, 눈물을 흘리면서 '도련님!'이라는 말밖에…

"도련님!"

"형수님! 아무 말씀도 하지 마세요. 저는 걱정하지 마시고 건강하셔야 합니다."

우도성은 삽시간에 울음바다로 변하고 말았다. 12년 동안 거쳐했던 성을 떠나는 마음은 이루 말로써 형용할 수가 없었다. 쥬스타는 그동안 정들었던 나무들과 풀, 새, 돌멩이에게도 작별 인사를 했다.

쥬스타 부인 일행은 부두로 나가 배를 탔다. 배는 나가사키를 향해 흘러갔다. 배가 바람을 타고 전진을 계속하자 우도성의 천수각이 점점 작아보였다. 하늘은 이러한 사정을 알 턱이 없이 청명하고 아름다웠다.

쥬스타는 성호를 그으며 길게 기도했다. 줄리아도 어머니와 같이 기도했다. 그러면서 양 아버지의 유언대로 주님을 향한 신앙심을 더욱 굳건히 하겠다고 다짐하고 또 다짐했다.

《4》

사흘 후 고니시 유키가케는 하얀 옷을 입고 자신의 집에서 배를 갈랐다. 우도성이 가토 기요마사의 수중으로 떨어지는 순간이었다.

나가사키 수도원에 도착한 쥬스타는 고니시의 가신으로부터 편지 한 통을 전달받았다. 고니시가 처형당하기 전 감옥에서 쓴 옷깃에 숨겨진 편지였다.

"내가 잡힌 이래 삼엄한 옥중에서 고통을 받고 있어요. 모든 사람들이 고통을 받을지라도 이와 같은 고통을 받은 사람은 없을 것이오. 다만, 하느님이 내가 오늘 받는 고초로써 어두운 죄업을 소멸해 주실 것을 기도하고 있소. 그러므로 지금 내가 받는 고통은 나의 죄업임을 자각하고, 앞으로 다가올 죄업은 하느님의 높은 은혜로 사해 질 것이오. 그리하여 그 은혜는 끝이 없을 것이오. 내가 당신에게 바라고 요구하는 것은 현세의 행복은 구름과 같아 모든 행복은 반드시 천당에 있음을 깨닫고, 하느님을 모시는 일에 성실을 다하고 한 마음으로 하느님을 섬기시오."

부인 쥬스타는 방문을 걸어 잠그고 혼자서 눈물을 쏟아냈다. 몸속에 들어있는 수분이 다 마를 때까지 울었다. 얼마간의 시간이 흘렀다. 줄리아가 어머니에게 물었다.

"그런데요. 어머니! 할머니는 어떻게 되셨나요? '다이코의 네 네 부인 시녀가 되었다'고 들었습니다만..."

"아니다. 네 양 아버지가 처형당한 후 시름시름 앓으시다가 주님의 곁으로 가셨단다. 네가 마음 아플까봐서 차마 입에 올리지 못했구나."

"네? 할머니가 주님의 곁으로 가셨다고요?"

줄리아는 펑펑 울었다. 친할머니도 아닌데 그토록 처절하게 울 수 있을까.

"할머니! 할머니!"

줄리아는 먼 하늘을 향해 목이 터져라 할머니를 불렀다. 불행은 한꺼번에 온다고 했던가. 며칠 후 쥬스타의 행방이 묘연해지고 말았다. 본명이 기쿠히메(菊姬)인 고니시의 정실부인. 그 후 그녀의 행방은 아무도 알지 못했다.

'스스로 목숨을 끊고 하느님의 곁으로 갔을 것이다.'

소문을 들은 줄리아는 '어머니가 행방불명되었다'는 소식을 듣고서 목 놓아 울었다.

"어머니! 어머니! 안 돼요. 어머니! 할머니도 안 계시는데 어머니마저.."

줄리아는 조선을 떠나온 이후 이토록 처절하게 울어본 적이 없었다. 그러면서 어머니와 거닐면서 약초를 캐고 시간이 날 때마다 주고받던 가르침이 생각났다.

'애야! 하느님의 사랑을 배워라. 항상 기도하면서 반듯하게 살아야 한다. 인생은 길다면 길고 짧다면 짧다. 죽음은 두렵고 무섭다. 하지만, 삶은 더 어려운 것이다.'

가슴이 찢어질 정도로 아팠다. 줄리아는 바닷가로 나갔다. 바다는 아무 것도 모르는 듯 철썩철썩 파도 소리만 울렸다. 속절없이. 줄리아는 혼자서 노래를 불렀다.

파도야! 파도야!

너는 어디에서 여기까지 흘러왔느냐?

너의 아버지는 어디서 흘러왔고,

너의 어머니는 어디로 흘러갔느냐?

너의 아버지, 나의 어머니도 저 멀리 하늘나라로 가셨을까?

파도야! 파도야!

하늘에도 파도가 있느냐?

줄리아는 바다를 향해 "어머니! 어머니!" 외쳐보았다. 하지만, 아무런 대답이 없었다. 줄리아는 어머니가 어딘가에서 "그래. 줄리아!"하고 부를 것만 같았으나, 들려오지 않았다. 노을이 사라지고 죽음의 그림자 같은 땅거미가 다가설 즈음 줄리아는 터벅터벅 수도원으로 들어갔다.

***

한편, 도쿠가와 이에야스의 성에서도 약간의 소동이 있었다.

"고니시의 아들 효고의 머리입니다."

"물러가라. 너의 행동도 남자답지 못하구나. 썩 물러가라."

도쿠가와 이에야스는 조선 침략 당시 제7군 주장이었던 모리 데루모토(毛利輝元)의 그러한 행동이 마음에 들지 않아 아이의 목을 받지 않고 돌려보냈다.

그러면서 이에야스는 가토 기요마사에게 '기리스탄 색출에 박차를 가하라'는 명령을 내렸다. 불교 신자인 가토 기요마사는 천주교인을 싫어하던 차에 기리스탄 신자들 색출에 열을 올렸다. 때문에 우도성의 천주교인들은 사시나무처럼 떨었다.

《5》

- 1601년 10월

쓰시마에서도 큰 소동이 벌어졌다. 고니시가 이시다 미쓰나리 편에서 도쿠가와 이에야스와의 전투를 한 관계로 그의 사위인 소 요시토시의 입장이 난처해졌기 때문에 일어난 소동이었다. 불행 중 다행인 것은 그가 장인의 서군 편에 적극 가담하지 않다는 것이었다. 하지만, 일본의 권력을 손아귀에 넣은 이에야스의 눈에 거슬리지 않아야 살아남을 수 있는 쓰시마는 최대의 걸림돌인 고니시 마리아를 쓰시마에서 추방해야 했다.

"장군! 쓰시마를 위해서 결단을 내리셔야 합니다."

"잘 알고 있다. 그러나, 인간의 탈을 쓰고서 할 일은 아닌 듯싶다."

"아닙니다. 장군! 그래야 저희 쓰시마가 살아남을 수 있습니다."

세상의 이치는 냉정한 것. 가신들의 주장은 소 요시토시와 그의 부인 고니시 마리아와의 결별을 독촉하는 것이었다.

영리한 마리아도 그러한 분위기를 간파하고 있었을 터. 자의반 타의반으로 마리아는 쓰시마를 떠나야만 했다. 어느 날 마리아가 먼저 입을 열었다.

"장군! 제가 쓰시마를 떠나겠습니다."

"부인! 말도 안 됩니다. 나는 아버님께 부인을 지키겠다고 다짐, 또 다짐을 했습니다."

"아닙니다. 저 개인보다는 대의를 지키셔야 합니다."

"그렇다면 나가사키에 잠시 피해 계세요. 분위기가 가라앉으면 내가 데리러 가겠소."

"말씀만으로도 감사합니다."

전쟁터를 누비면서 칼을 휘두르던 소 요시토시의 눈가에도 이슬이 맺혔다. 오히려 마리아가 담담한 모습으로 기도했다.

"어떠한 길을 걷든 그분을 알아 모셔라. 그분께서 네 앞길을 곧게 해 주시리라(잠언 3장 6절)는 성서의 말씀대로 살아가겠습니다."

"부인! 아니, 다예!"

"오랜만에 들어보는 저의 이름이군요."

"아니오. 언제나 불러보고 싶었소."

"감사합니다. 그리고, 저의 마지막 부탁이 하나 있습니다."

"말씀해 보세요. 부탁이라니요?"

"저와는 헤어지더라도 주님과는 멀어지지 마시기 바랍니다. 이것이 저의 마지막 소원입니다."

"알았오. 꼭 그렇게 하리다."

"감사합니다. 안녕히 계십시오. 그리고, 아이는 제가 데리고 가서 키우겠습니다."

"…"

소 요시토시는 더 이상 할 말이 없었다. 마리아는 시녀 몇 명과 함께 정들었던 쓰시마를 떠났다. 목적지는 나가사키였다.

《6》

나가사키 쓰시마 관에 도착한 마리아는 줄리아를 찾았다. 줄리아를 찾는 일은 그리 어렵지 않았다. 아직까지 쓰시마 도주의 정실부인 자격을 잃지 않고 있었기 때문이다.

"마리아 님!"

"줄리아!"

두 사람의 상봉은 친 자매와 다름없는 정이 넘치는 모습이었다.

"어머니의 소식이 궁금하구나."

"…"

줄리아는 어떠한 대답도 할 수 없었다. 마리아도 더 이상 묻지 않았다. 주변 사람들로부터 들은 바가 있었기 때문이다.

"언젠가는 우리 곁으로 오실 것이다. 의지가 강한 분이시니까."

"네. 마리아 님! 주님께 기도하고 있습니다."

"오랜 만에 온 나가사키로구나. 거리로 나가보자꾸나."

"네. 마리아 님!"

마리아는 줄리아와 함께 나가사키 거리를 걷다가 승천의 산타 마리아 교회로 방향을 틀었다. 그 해에 세워진 교회라서 목재에서 향긋한 냄새가 났다. 교회에는 대신학교와 소신학교 그리고 출판소도 있었다.

"마리아 님! 교회가 아주 깨끗하네요."

"그래. 올해 막 세워졌다는 교회구나. 참으로 아름답지?"

"네. 마리아 님. 너무나 아름답네요."

마리아와 줄리아가 대화하고 있을 때 아이들이 성가를 부르면서 교회로 다가 오고 있었다. 마리아가 먼저 입을 열었다.

"줄리아! 저 아이들을 보거라. 무척 행복해 보이지?"

"그렇습니다."

"나가사키는 1569년 '모든 성인의 교회(Todos os Santos)'가 세워졌다. 신자가 1500명이나 되었단다."

"신자의 숫자가 무척 많았네요?"

"그래. 이 교회는 유럽에까지 알려지게 되었어. 그 후 신자들이 늘어나서 지금은 나가사키 전체로 5만 여명이나 된다고 하구나."

"5만 명이요?"

"그래서, '일본의 작은 로마'라고 한다. 이들은 집에서 카스테라를 먹고 있어. 유럽 사람들처럼 말이야."

"그런데, 나가사키의 교회가 이토록 번창한 이유는 무엇인가요?"

"나가사키가 포르투갈의 무역 항구로 소문이 나서 유럽에 알려진 것도 있지만, 노예를 팔고 사는 아픔도 있지…"

이때 마리아의 눈에서 눈물이 주르르 흘렀다.

"왜 그러세요?"

"아니다. 아버님 생각이 나서 그렇다. 뭐니 뭐니 해도 교회의 번창은 아버님께서 일궈놓으신 업적이 아니겠니? 아버님은 이 땅을 주님의 땅으로 일구셨는데…"

마리아의 말이 끝나기도 전에 줄리아의 눈에서도 눈물이 흘렀다. 둘이서 눈물을 닦고 있을즈음 교회에서 종소리가 울렸다.

'뎅그렁 뎅그렁'

예배시간을 알리는 종소리였다. 두 사람은 눈물을 닦고 발걸음을 재촉해서 교회로 갔다. 입구에 들어서자 신도들이 성가 '내 맘의 천주여'를 부르고 있었다.

내 맘의 천주여

만물이 모두 그 은혜로움을 노래하오

찬미와 영광을 주 홀로 받고

그 권능 우리에게 보여주소서.

그 당시 나가사키에는 13개의 교회가 있었다.

제6장
두 갈래 길

《1》

- 1605년

    고맙기 그지없다

    빛의 하느님

    태초에 새 빛으로 세상이루고

    날마다 빛으로써

    날 정하시니

    고맙고, 고마워라

    빛의 하느님

여인들이 안벽한 화음으로 부르는 찬송 '빛의 하느님'이 나가사키 아리마(有馬)령의 수도원에서 잔잔하게 흘러나오고 있었다. 이 수도원은 세키가하라 전투 이후 마리아를 비롯해서 여성 신자들의 피난처였다.

이곳은 임진왜란 당시 평양성에서 후퇴할 때 천연두를 앓고 시력을 잃어가던 아리마 하루노부(有馬晴信)의 부인 쥬스타의 기부금으로 지어진 교회다. 아리마 하루노부는 고니시 유키나가가 병든 그를 평양성에서 버리지 않고 끝까지 일본에 데려온 천주인 영주였다. 그러나, 하느님의 시험이런가. 고약한 운명은 고니시와 아리마를 갈라서게 하고 말았다.

"마리아 님! 건강을 빨리 회복하셔야죠."

"감사합니다. 부인! 제가 지금 이렇게 살아있는 것도 모두가 부인의 덕택입니다. 부인께서 기부한 거액의 자금으로 지어진 교회에서 제가 몸을 의탁하고 있지 않습니까?"

"아닙니다. 저의 남편의 일을 생각하면 마리아 님을 볼 면목이 없습니다."

"무슨 말씀을 하시나요? 대대로 이어 내려온 천주님의 가문 아닙니까? 프로타지오(아리마 하루노부)님께서도 어쩔 수 없는 선택이셨을 것입니다."

"그렇게 이해해 주시니 몸 둘 바를 모르겠습니다. 조선의 평양성에서 후퇴할 때 고니시 님께서 그 사람을 버리고 오셨다면 어떻게 되었겠습니까? 그런데, 그분의 성을 공격하다니요. 말도 안 되는 행동을 했습니다."

"아닙니다. 우리가 알 수 없는 남성들의 세계 아닙니까? 고육지책이셨을 것입니다."

아리마 하루노부는 고니시와 함께 1592년 임진왜란과 1597년 정유재란에 참가했었다. 1600년 세키가하라 전투에 당초 서군에 속해 있었다. 하지만, 서군이 열세에 몰리사 바로 동군으로 방향을 틀었다. 그 후 가토 기요마사의 명을 받아 고니시의 우도성을 공략했다. 그 공으로 도쿠가와 이에야스로부터 인정을 받았다. 이러한 사실에 대해 그의 부인은 마리아에게 미안한 마음을 지니고 있었던 것이다.

"그리고, 마리아 님! 제가 잘 아는 이에야스 님의 측실이 줄리아를 마음에 두고 있어서 시녀로 추천하려고 합니다만…"

"고맙습니다. 그렇지 않아도 그 아이가 걱정이 되었거든요."

아리마 부인이 돌아 간 후 마리아는 방에 걸린 작은 십자가를 바라보면서 기도했다.

"하느님! 모든 것을 용서해 주세요."

순간 두 눈에서 주르르 눈물이 흘러내렸다. 마리아가 쓰시마로 시집 갈 때는 열 명의 시녀를 거느렸으나 지금은 줄리아와 막달레나, 가가뿐이다. 젖먹이 아이는 세스페데스 신부에 의해서 가까스로 고아원에 의탁시키고 있는 처지다. 작은 십자가일지라도 그녀의 눈에는 큰 교회의 지붕에 솟아있는 것보다 크고 웅장해보였다. .

고난의 역사 속에서도 세월은 덧없이 흘렀다. 나가사키의 아리마(有馬)령에 있는 예수회의 여자 수도원에도 1605년 새해가 밝았다. 창틈으로 새어 들어오는 새해의 햇살이 유난히 강했다.

"마리아 님! 새해가 밝았습니다."

"그래. 주님께서 우리에게 또 새로운 한 해를 열어주셨구나."

"모든 생명들에게 빛을 주시는 하느님의 뜻이 여기까지 전달되는 것 같습니다. 새해를 맞아 마리아 님도 더욱 강건해 지실 것입니다."

"그래. 고맙다. 너의 말만 들어도 힘이 솟는구나. 줄리아! 너의 나이 올해 몇이 되느냐?"

"15살입니다."

"그래. 어느새 다 큰 처녀가 되었구나! 창문을 열어다오."

"아닙니다. 바깥 공기가 찹니다."

"괜찮다. 햇빛을 보고 싶구나."

줄리아가 창문을 열자 창문 사이로 꽃향기가 들어왔다. 다름 아닌 납매의 향기였다. 작은 정원에 '납매(臘梅)'라는 보기드문 매화 한 그루가 있었다.

"아! 납매가 아니냐?"

"마리아 님! 납매라니요?"

"납매는 일반의 매화가 피기 전에 먼저 꽃을 피운단다. 그래서 12월에 피는 매화라고도 해."

그렇다. 다른 매화에 비해 빨리 피는 것도 있지만 향기가 진해서 아주 멀리 간다는 점도 이 매화가 지니고 있는 특징이다. 납매의 향기를 즐기는 것도 잠시, 마리아의 말소리는 점점 가라앉기 시작했다. 몸과 마음이 극도로 쇠약해져 있었기 때문이다.

"마리아 님! 오늘은 세스페데스 신부님이 오시기로 한 날입니다. 기운을 차리셔야 합니다."

"그래? 반가운 소식이구나."

"그렇습니다. 고해성사를 하시려면 음식을 드셔야 합니다."

"그래. 알았다."

줄리아와 막달리아가 어떤 음식이나 약을 갖다 대어도 고개를 흔들던 마리아는 세스페데스 신부님 이야기를 듣자 음식을 먹기 시작했다. 기운을 다소 회복한 마리아는 다시 입을 열었다.

"줄리아! 내가 너무 오랫동안 너의 신세를 졌구나. 이제 작별의 시간이 되었구나."

"아닙니다. 무슨 말씀을 그렇게 하시나요. 어린 저를 이토록 자라게 해 주신 것은 모두 마리아 님 덕택입니다. 저는 마리아 님 곁을 결코 떠나지 않을 것입니다."

"아니야. 여기는 너무나 위험해. 이제 나를 떠나 이에야스의 측실에게 가거라. 내가 소개해 주겠다."

줄리아가 미처 대답을 하기도 전에 마리아는 묵주를 손에 쥔 채 잠이 들었다. 기운이 바닥이 났기 때문이다. 이 무렵 세스페데스 신부가 '빈센트 권'과 같이 들어왔다. 마리아는 여전히 묵주를 놓지 않고 깊은 잠에 빠져 있었다.

줄리아와 막달레나는 마리아를 깨우려고 했으나 세스페데스 신부는 '눈짓으로 깨우지 말라'고 신호를 보냈다. 얼마간의 시간이 흐른 후 눈을 뜬 마리아는 모기 소리 같은 가냘픈 목소리로 입을 열었다.

"신부님! 오셨군요. 빈센트도 왔구나."

"네. 어서 기운을 차리셔야죠."

"아닙니다. 저의 건강은 제가 잘 압니다. 신부님! 부탁이 하나 있습니다. 줄리아를 도쿠가와 이에야스의 궁으로 보내주세요"

"안 됩니다. 호색한인 그에게 보낸다고요? 교활하고 허욕에 가득 찬 그가 줄리아를 가만 두지 않을 것입니다."

"이에야스의 측실 편에서 약재에 밝은 줄리아의 소문을 듣고 꼭 시녀로 데려가겠다는 부탁이 왔습니다. 이곳에 있다가 가토 기요마사 측에 붙잡히면 더 큰 일이 벌어집니다. 가토 측은 저희 집안 식솔들을 찾느라 혈안이 되어 있습니다."

"그런데, 그 쪽에 줄리아를 추천한 사람은 누구입니까?"

"천주교 영주 아리마 하루노부의 부인입니다."

"추천한 사람은 믿음이 갑니다만, 그녀의 남편과 이에야스가 도무지 마음에 들지 않습니다. 이에야스가 아직은 천주교에 대해 긍정적인 생각을 가지고 있는 것처럼 보이나, 언제 돌변할지 예측하기 어렵습니다. 특히, 그의 여성 행각이 마음에 들지 않아요."

"그리고, 저의 어머님의 소식은 없나요?"

"네. 백방으로 수소문해도 알 길이 없습니다."

"…"

마리아의 생명은 꺼져가는 화톳불처럼 가물가물했다.

시녀들은 부랴부랴 아들 만쇼를 불렀다. 그래도 어머니의 마지막 가는 길을 배웅해야 한다는 생각에서다. 세스페데스 신부도 당연한 일이라고 고개를 끄덕였다. 잠시 후 만쇼가 왔다.

"어머니! 어머니!"

아이의 목소리는 가냘프면서도 가슴이 갈기갈기 찢어지는 듯했다.

"만쇼야! 하느님께 열심히 기도하면서 살아라. 너를 구원해 주실 분은 하느님뿐이다."

"네. 어머니! 명심 또 명심하겠습니다."

만쇼도 정황상으로 '어머니의 목숨이 얼마 남지 않았다'는 것을 알아차렸다. 세스페데스 신부를 비롯해서 빈센트, 줄리아, 막달레나, 어린 만쇼가 성가 '이 세상 떠난 형제'를 불렀다. 이들의 성가가 생기를 불어넣었는지 창백하던 마리아의 얼굴에 오히려 혈색이 돌기 시작했다. 잠시 후 마리아는 한 많은 인생을 짧게 마감하고, 하느님의 곁으로 갔다. 아들 만쇼가 어머니 앞에서 임종을 지켜본 것은 그래도 다행스러운 일이었다.

이 형제 떠나보낸 슬픔을 보시고
자비의 아버지여 희망을 주소서
죽음을 생명으로 바꾸어 주시고
어둠의 통곡소리 그치게 하소서

1600년 고니시 마리아와 소 요시토시의 아들로 태어났던 만쇼. 그는 아버지 소 요시토시와 달리 하느님께 봉사하면서 어머니와의 약속을 굳건하게 지켰다.

　그는 기리스탄인 것이 막부 정부에 발각되어 1614년 마카오로 추방되었다. 1624년 8월28일 예수회에 들어갔다. 1627년 사제의 반열에 올랐다. 1632년 일본에 귀국해서 1644년 순교했다. 그가 죽은 후 일본에서는 더 이상 사제가 탄생하지 않았다.

《2》

"오라버니!"

"그래, 줄리아."

"일본에서의 생활은 어때?"

"좋습니다. 일본어도 늘고 해서 큰 어려움은 없습니다. 오라버니."

　줄리아와 빈센트는 오랜만에 그동안의 이야기로 꽃을 피웠다. 둘은 친 남매처럼 손을 맞잡고 성가를 불렀다.

"언제나 주님과 함께 산다면

우리는 얼마나 행복하리

사랑의 주 예수 홀로모시고

영원히 여기서 살고지고

사랑의 주 예수 홀로 모시고

영원히 여기서 살고 지고."

젊은 남녀이기에 이성적인 감정으로 흔들릴 수도 있었으나, 둘은 이성적인 사랑이 아니라 하느님의 사랑으로 영글어 가고 있었다. 머리 위에서 기러기 두 마리가 다정히 날다가 각기 방향을 틀었다. 두 사람의 이별을 예고하는 듯.

두 사람의 만남은 이날이 마지막이었다. 각자의 목표와 가야 할 길이 따로 있었기 때문이다.

***

기리스탄들은 어떠 했을까?

이에야스는 무역 거래와 세수확보를 위해서 잠정적으로 기리스탄을 묵인하는 태도로 일관했다. 그러나, 애초부터 기리스탄을 싫어하고 미워했던 가토 기요마사는 가혹한 탄압을 일삼고 있었다. 다행스러운 것은 기리스탄 영주 하루노부(有馬晴信)의 아리마와 구로다 고오다카(黑田孝高)의 치쿠젠, 오무라 기젠(大村喜前)의 오무라 등에서는 영주들의 비호에 힘입어 평화로운 나날을 보낼 수 있었다. 천주교인들은 이 또한 하느님의 축복이라고 생각하고 있었으나, 불안 요소는 언제나 상존하고 있었다.

줄리아는 마리아의 바람대로 도쿠가와 이에야스의 궁으로 들어갔다. 그녀는 궁에 도착하자마자 자신에게 세례를 해준 베드로 모레홍(Petro Morejon) 신부에게 편지를 썼다.

"신부님! 드디어 왕궁에 들어왔습니다. 먹고, 입고, 생활하기에 아무런 불편이 없습니다. 이 모두가 하느님의 은총입니다. 저를 하느님께 인도해 주신 신부님께 진심으로 감사드립니다."

줄리아는 궁에서 도쿠가와 이에야스 측실의 시중을 들면서 새로운 삶을 시작했다. 시중드는 여인들 중에 천주교인들이 몇몇 있었으나, 줄리아처럼 깊은 신앙심과 진실한 마음을 가지지는 못했다.

줄리아는 낮에는 일을 하고 밤 시간을 이용해서 성경책을 읽고, 또 기도했다. 그런 가운데 천주교와 적대적인 이에야스나 이교도들의 눈을 피해야 할 기도단이 필요했다. 줄리아는 궁 밖으로 나가서 '후루타 오리베(古田織部)' 씨에게 부탁했다.

"고매하신 후루타 님! 신부님들로부터 말씀 많이 들었습니다."

"이 사람도 줄리아 님의 이야기를 많이 들었어요. 신앙심이 깊으시다고...."

"아닙니다. 주님의 은총으로 살아가고 있을 따름입니다."

"그런데, 무슨 용무로 오셨나요?"

"기도단이 필요해서 왔습니다."

"기도 단이라? 그럼 다른 사람들이 알아채지 못하도록 만들어야 하겠군요."

"그렇습니다. 부탁드립니다."

후루타 오리베는 다도 세계에서 유명하고, 자신만의 미관을 가지고 그릇이나 정원 등 많은 물건을 가지고 있는 기인이었다. 또한, 그는 다도와 함께 기독교를 테마로 여러 제품을 만들고 있었다. 당시 전국 무장은 무기조달을 위해서 선교사 루트를 사용했었다. 총기 자체뿐만 아니라 구슬이나 화약의 구매를 위해서도 선교사들과 교류가 있었음이다.

"알겠습니다. 그렇게 하겠습니다."

"감사합니다."

이렇게 해서 궁 안에 아무도 알 수 없는 석등이 세워졌다. 소위 줄리아의 기도단이자 봉양탑이었다.

그런 가운데서도 줄리아는 때로는 구실을 만들어 궁 밖으로 나갔다. 교회에 가기 위해서다.

"마님! 오늘 하루는 밖에 외출을 가려고 합니다."

"그래? 무슨 일이 있더냐?"

"친지를 방문해서 인사도 드리고 안부도 물으려고 합니다."

"그래. 늦지 않도록 하라."

"네. 마님!"

성 밖으로 나간 줄리아는 교회로 달려가서 고해성사를 했다. 그리고, 이교도들과도 만났다. 전도가 목적이었으나 성공하지 못할지라도 천주교에 대해 악한 감정을 갖지 않도록 하기 위해서였다.

어느 날, 줄리아는 궁중에서 시중드는 쇼사부로(Shozaburo) 도노의 조카인 쇼기치 도노의 집에 갔다. 궁중의 여인들과 후시미(伏見)의 다른 여인들을 위해서다. 이곳에서 13여 명의 여성들이 영성체를 했다.

"여러분! 이 빵과 포도주가 실제로 그리스도의 살과 피로 변화되며 이를 먹고 마실 때 그리스도와 한 몸이 되는 은총을 받게 될 것입니다. 여러분! 기도합시다. 오늘 우리는 천주님의 은총으로 이렇게 잘 살고 있습니다. 오늘 이 자리에 모인 여러분은 하느님의 종입니다."

"아멘-"

"저는 도구가와 이에야스 측실의 시중을 들고 있습니다. 그러나, 저는 하느님께 기도하고 있습니다. 하느님! 저에게 병을 주십사고 기도하고 있습니다. 궁궐을 떠나 자유롭게 구원의 일에 정념하기 위해서입니다."

"줄리아 님은 진정한 하느님의 자녀이십니다."

무슨 이유 때문일까. 궁중에 불이 났을 때 다른 사람들은 맨몸으로 뛰쳐나오거나 귀중품을 들고 나오는 일에 급급했으나, 줄리아는 성상(聖像)을 구하는 일에 열중했다. 값진 물건이 불에 타는 것보다 성상이 훼손되는 것이 더 고통스러운 일이라고 생각하고 있었기 때문이다.

《3》

"궁에서 도쿠가와 이에야스의 시중을 들며 봉사하고 있는 여성 가운데 고려인 천주교인이 있습니다. 그녀는 일찍이 고니시의 부인 쥬스타를 모셨으며, 대단히 깊은 신앙생활을 하고 있습니다. 그녀의 신앙생활은 속세를 떠난 수도자에 버금가는 모습을 지니고 있습니다."

예수회 소속의 히람(Juan Rodrigues Giram s.j) 신부가 클라우디오 아쿠아비바(Ciaudio Aqaviva) 예수회 총장에게 보낸 편지다. 1606년 3월 10일 발신으로 되어 있다. 또 하나. 같은 예수회의 코우로스(Mates de Couros) 신부의 서한도 같은 맥락에서 보고되었다.

"고려의 젊은 여인 줄리아는 사려와 분별력이 있는 보기 드문 인물로 장군으로부터 중하게 여겨졌고, 궁의 모든 사람으로부터 존경을 받고 있습니다."

1613년 1월 12일 발신된 내용이다. 이러한 이유로 줄리아는 많은 사람들로부터 관심의 대상이 되었다. 스페인 국왕 사절단 비스카이노가 도쿠가와 이에야스를 알현하고 줄리아의 처소를 은밀하게 찾기에 이르렀다.

"그토록 훌륭한 여인이 있었다니요? 놀라운 일입니다. 그녀의 집에 가서 미사를 합시다."

사절단 일행은 이에야스의 시녀 줄리아의 집에서 미사를 했다. 그리고, 그녀에게 보답의 의미로 유리로 만든 완구를 주었다.

"아닙니다. 저에게는 그다지 사치스러운 물건이 필요하지 않습니다. 묵주와 예수님의 초상을 주시지요."

사절단 일행은 입을 다물지 못했다. 가냘프기 그지없는 이에야스의 시녀에게 강한 신앙심과, 자존심과, 순수성이 있다는 사실에 대해 머리를 숙였다.

《4》

• 1607년 5월 18일

　임진왜란과 정유재란이 끝난 지 10년. 일본은 조선과의 관계회복을 원했다. 당초부터 이 전쟁을 원하지 않았던 도쿠가와 이에야스의 명령에 의해서다. 조선 조정에서도 처음에는 반대하다가 생각을 바꿨다. 포로교환의 명목과 날로 강성해지는 청나라를 견제하기 위해 일본과의 교류가 그다지 나쁘지 않았다. 도쿠가와 이에야스 역시 예로부터 교류가 많았던 인접 국가라는 점과 새로운 정부의 위상을 과시함과 동시에 내부의 결속을 다지기 위한 수단으로 활용하기 위함이었다. 드디어 조선통신사가 에도로 가는 행렬이 순푸 성을 지나가게 되었다.

　일본의 게이초(慶長) 12년(1608년)인 5월 18일
여우길(呂祐吉)을 정사로 하는 467명의 조선통신사의 행렬은 일본 국민들에게 최대의 관심사였다. 더욱이 도쿠가와 이에야스가 양국의 평화를 주장하여 임진왜란으로 끊어진 양국간의 국교회복이 목적이었기에 더욱 열기가 높았다. 하지만 이에야스는 직접 통신사들을 접견하지 않았다. 셋째 아들 도쿠가와 히데타다(德川秀忠, 1579-1632)에게 자리를 물려준 후였기 때문이다. 그러나, 그의 위력은 일본 천하에 흔들림 없이 미치고 있었다.

조선통신사 행렬이 슨푸성을 지나간다는 소문은 삽시간에 성 전체에 퍼졌다. 줄리아 오다에게도 예외가 아니었다.

'아? 조선통신사 일행이 이곳을 지나간다는 말인가.'

몇 번이이나 망설이던 줄리아는 시녀들 틈에 끼어서 성 밖으로 나갔다. 행렬은 호화찬란했다. 말 위에 앉아 있는 사람의 모습이 어렸을 적에 보았던 아버지의 모습과 어렴풋이 겹쳐졌다. 줄리아는 몸속에서 그동안 느끼지 못했던 전율이 일었다. 아니, 뜨거운 피가 솟구쳐 오르는 것 같았다. 갑자기 행렬 속으로 뛰어들고 싶은 충동이 일기도 했지만, 묵주를 돌리면서 기도로 대신했다. 순간, 행렬 속에 끼어있는 일본인 장수 한 사람과 눈이 마주쳤다. 다름 아닌 통신사를 안내하는 쓰시마 주 소 요소토시(宗義智)였다.

'아! 장군님! 마리아 님이 세상을 떠나셨습니다.'

줄리아는 큰 소리로 외쳤으나 목소리가 입 밖으로 새어나가지 않았다. 대신 뜨거운 눈물만 흘렸다. 다행스러운 것은 그가 줄리아를 알아보지 못했다는 점이다.

"줄리아! 넌 왜 조선으로 돌아가지 않아?"

줄리아의 모습을 살펴 본 한 시녀가 말을 걸었다. 줄리아가 조선인이라는 것을 알고 있는 시녀였다.

"나는 이미 일본인이 되었어."

"거짓말! 얼굴에 '난 조선인이오'라고 쓰여 있어. 내 눈은 못 속여."

"아니라니까."

줄리아는 시녀와 더 이상 말을 섞지 않았다. 부정할 수 없는 사실이었기 때문이다. 조선과 일본은 일찍부터 외교 사절을 주고받았다. 조선은 태종(이방원) 때인 1404년에 일본과 처음 외교 관계를 맺고 일본에 통신사를 파견했다. 일본도 조선에 일본국왕사를 파견해 외교 활동을 벌였다. 조선 전기에 통신사를 파견한 주요 목적은 조선의 남쪽 지방에까지 건너와 노략질을 일삼던 왜구를 단속해 달라고 요구하는 것이었다.

조선과 일본의 외교 관계는 선조 때인 1592년 일본이 임진왜란을 일으키면서 끊어졌다. 그러다 1603년 도쿠가와 이에야스가 에도 막부를 세우면서 다시 외교 관계가 맺어졌다.

막부란 무사 정권을 뜻하는 말이며, 도쿠가와 이에야스는 무사들의 우두머리이자 최고 통치자인 쇼군이었다. 도쿠가와 이에야스는 도요토미 히데요시와는 달리 평화적인 관계를 원했기 때문에 조선은 통신사를 다시 파견했다. 이때에는 주로 임진왜란 때 끌려간 포로를 되돌려 보내는 일 등 전쟁을 마무리 짓는 문제를 논의했다.

조선과 일본 사이에 평화 관계가 정착된 이후부터 통신사는 막부의 새로운 쇼군을 축하하는 사절의 역할을 했다. 일본은 쇼군이 바뀔 때마다 정통성을 과시하기 위해 조선에 통신사 파견을 요청했고, 조선 통신사 행렬이 도착하면 극진히 대접했다.

조선 조정은 통신사를 통해 남쪽의 국경을 위협해 온 일본의 사정을 파악하기 위해 노력했다. 그러나 통신사 파견의 궁극적인 목적은 주변 나라들과의 외교 관계를 돈독하게 해서 평화를 지키기 위한 것이었다.

***

천하를 손에 넣은 도쿠가와 이에야스.
일본이 겉으로는 태평성대로 보였으나, 곳곳에 위험 요소가 도사리고 있었다. 슨푸성의 이에야스가 에도(江戶)를 다녀오는 길이었다. 그 누가 감히 이에야스를 공격할 수 있을까. 하지만, 세상은 의외의 일들이 일어나곤 한다. 천하의 이에야스가 닌자(忍者)의 습격을 받았던 것이다.

"오고쇼 님을 보호하라."

훈련된 호위무사들이 순식간에 이에야스를 에워쌌다. 그런데, 어디선가 화살이 날아와 이에야스의 팔에 꽂히고 말았다. 비명을 지른 이에야스가 말에서 떨어질 뻔 했으나 다행히 옆에 있던 호위무사가 몸으로 막았다.

"오고쇼 님을 모셔라!"

팔에 피가 낭자해진 이에야스는 비몽사몽간에 생각했다.

'감히 누가 이런 짓을 할 수 있을까? 그래. 이시다 미쓰나리(石田三成)의 잔당들일 것이다.'

이에야스의 추측은 틀리지 않았다. 한에 맺힌 이시다(石田)의 가신들은 주군의 원수를 갚기 위해서 똘똘 뭉친 의혈단이었다. 화살을 맞고 피를 많이 흘린 이에야쓰는 궁으로 돌아오자마자 정신을 잃고 말았다. 그런데 의원들이 한 명도 없었다. 모두 에도에 가고 없었기 때문이다.

'이런, 이런…'

문무백관들이 발만 동동 굴리고 있을 때 후궁의 시녀인 줄리아가 나타났다. 줄리아의 손에는 헝겊과 약봉지가 들려 있었다. 다들 아무 말도 못하고 구경만 하고 있는 데, 줄리아는 능숙한 솜씨로 약을 바르고 천으로 팔을 묶어 피를 멈추게 했다. 거칠게 숨을 몰아쉬던 이에야스가 서서히 안정을 찾았다. 궁의 모든 사람들이 박수를 쳤다. 이에야스가 입을 열었다.

"내가 어떻게 되었더냐?"

"닌자의 화살을 맞고 쓰러지셨습니다."

"그래. 그 고얀 놈들은 잡았느냐?"

"비호 같이 어디론가 달아나고 말았습니다. 군사들을 풀어놨으니 곧 잡힐 것입니다."

"그건 그렇고, 저 아이는 누구냐?"

"넷째 부인의 시녀입니다."

"그런데, 저 아이가 나를 치료했단 말인가. 의술은 어디서 배웠다더냐?"

"거기까지는 잘 모르겠습니다만… 뛰어난 의술을 가지고 있다고 합니다."

"허허. 시녀가 의술을 가지고 있다? 아무튼, 고마운 일이다. 저 아이에게 큰 상을 내려라."

"네. 오고쇼 님!"

이에야스와 줄리아는 이렇게 운명적으로 만났다. 그 후에도 줄리아는 이에야스의 상처를 치료했다. 이에야스는 젊은 시녀가 너무나 고마웠다. 금상첨화(錦上添花)로 미색까지 출중하지 않은가. 호색한인 이에야스는 그녀를 볼 때마다 마음속으로 되뇌었다.

'참으로 절색이로다!'

이에야스는 시녀로 인해 저 세상 사람인 측실 '사이고노 쓰보네(西郷の局)'가 생각났다. 그녀는 27세에 도쿠가와 이에야스의 측실이 되어 1579년 4월 이에야스의 세 번째 아들 히데타다를 낳았다. 그가 바로 이에야스의 뒤를 이은 2대 장군이다. 그러나 안타깝게도 그녀는 38세의 젊은 나이로 생을 마감하고 말았다.

이에야스로부터 오래 전에 사그라졌던 애틋한 사랑의 불씨가 젊고 예쁜 시녀에 의해서 되살아났다. 어느 날 이에야쓰는 그 시녀를 불렀다.

"지난번 참으로 고마웠구나. 그래, 너의 이름이 무엇이냐?"

"줄리아입니다."

"줄리아?"

"네. 줄리아라고 합니다."

"그럼 너도 기리스탄이더냐?"

"그렇습니다. 기리스탄입니다."

"허허. 기리스탄이라? 그래, 그럼 내가 너에게 묻겠다. 너는 하느님과 성모 마리아를 믿느냐?"

"네. 믿습니다."

"이유가 무엇이냐?"

"그리스도의 창시자이신 예수님은 하느님 메시아이십니다. 헤브라이어로 하느님(야훼)은 '구원해주신다'는 의미입니다. 구세주인 것입니다."

"그래. 알았다. 그렇다고 치자. 너도 내 이야기를 들어봐라."

"네."

이에야스가 오히려 긴장했다. 줄리아가 너무나 당당하면서도 한마디, 한마디에 뭔가를 짓누르는 강한 힘이 있었기 때문이다. 이에야스는 자세를 바로 세우고서 입을 열었다.

"나는 할머니(게요인)로부터 오랫동안 석가모니에 대한 이야기를 들어왔다. 석가모니는 너희 같은 기리스탄들이 주장하는 신이 아니다. 석가모니는 인간을 초월한 신비스러운 존재가 아니라 수행에 의해서 깨달음을 얻어낸 것이다. '윤회로부터의 해탈을 얻어낸 존재'인 것이다. 네가 말하는 하느님처럼 공허하지 않은 실존 인물이시며, 인간이 살아가는 현실 속해서 존재한다."

하지만 줄리아는 지엄한 이에야스를 개의치 않고 당당하게 고개를 들고 거침없이 말을 쏟아냈다.

"땅에는 아직 들의 덤불이 하나도 없고, 아직 들풀 한 포기 돋아나지 않았습니다. 하느님께서 땅에 비를 내리지 않으셨고, 흙을 일굴 사람도 아직 없었기 때문입니다. 그 때에 하느님께서 흙의 먼지로 사람을 빚으시고, 그 코에 생명의 숨을 불어넣으시니, 사람의 생명체가 되었습니다."

"듣기 싫다. 말도 안 되는 소리를 그만둬라. 어떻게 사람이 흙으로 만들어진다는 것이냐. 도자기도 아니고…"

"그렇지 않습니다. 오고쇼 님!"

두 사람의 논쟁은 끝이 나지 않았다. 이에야스는 화가 났다. 어린 시녀로부터 가르침을 받은 느낌이어서다.

"여봐라. 궁에 기리스탄들이 있었구나. 이들을 모두 색출하라."

이에야스는 소리를 버럭 질렀다. 궁 안은 벌집을 쑤시듯 발칵 뒤집히고 말았다. 이에야스의 명에 따라 측실은 물론 시녀들에 이르기까지 샅샅이 뒤지는 엄격한 색출 작전이 벌어졌다. 며칠간의 수색 끝에 오카모토 다이하치의 부관을 비롯해서 14명의 공복들이 기리스탄으로 밝혀졌다.

"아니, 궁에 그토록 많은 기리스탄이 숨어 있었다는 말이냐? 저들을 모두 감옥에 가두어라."

기리스탄 중에서 주목받는 여인 셋이 있었다. 줄리아와 루시아(Lucia), 클라라(Clura)였다. 이에야스는 세 여인 중에서도 특히 줄리아에 대해 관심이 많았다. 며칠 후 다시 줄리아를 은밀하게 불렀다.

"줄리아!"

"네. 오고쇼님!"

"기리스탄을 버려라. 그렇다면 너의 모든 잘못을 용서해 주겠노라. 그리고, 너를 나의 측실에 봉하겠노라."

"아닙니다. 저는 저에게 생명을 주신 하느님께 큰 빚을 지고 있습니다. 조선에서 태어난 보잘 것 없는 저를 여기까지 인도해 주신 하느님의 뜻을 저버릴 수 없습니다. 용서해 주십시오. 오고쇼님을 기쁘게 해드리기 위해서 하느님을 배반할 수는 없습니다."

"하느님? 이 세상에 하느님은 존재하지 않는다. 내가 바로 하느님이다. 이 나라의 왕이다."

"그렇지 않습니다. 오고쇼 님!"

"독한 년이로다. 썩 물러가거라."

이에야스는 진노했다. 궁 안에 아직도 기리스탄이 있었다는 사실과 '저토록 예쁘고 당당한 아이가 시녀로 있었다'는 사실도 불가사의했다.

그 이후로 궁궐의 여인들은 입방아 찧기에 여념이 없었다.

"혹독한 형벌이 내려질 것이다."

"이에야스 님의 심기를 거슬리게 했으니 살아남지 못할 것이다."

"그래, 그러고도 남을 일이지."

그러나, 줄리아는 여인들의 말을 흘려버리고 어두운 감옥에서도 기도에 열중했다.

"너의 마음을 다하여 주님을 신뢰하고 너의 예지에는 의지하지 말라."

잠언 3장이었다. 그리고서 성가를 불렀다. 성가가 밖으로 새어나가지는 않았으나, 큰 울림이 있었다. 제목은 '환난과 핍박 중에도'였다.

"환난과 핍박 중에도 성도는 신앙 지켰네…옥중에 메인 성도나 양심은 자유 얻었네."

줄리아의 정신과 내면세계가 그대로 드러나는 성가였다. 달은 휘영청 떠올랐고, 하늘의 별들도 초롱초롱 빛났다. 그토록 울어대던 귀뚜라미들도 깊은 잠으로 빠져들었다.

《5》

일본을 천하 통일한 도쿠가와 이에야스가 아니던가. 그런데, 한 여인의 마음을 움직이지 못했으니 체면이 구길 대로 구겨졌다. 자존심이 천길 만길 바다 속으로 떨어지고 말았던 것이다. 화가 머리끝까지 오른 이에야스는 부하들에게 '줄리아 오다'의 신상에 대해서 알아오도록 명령했다.

"저 아이에 대해서… 더 자세히 알아보도록 해라."

"네. 분부대로 하겠습니다."

며칠 후 줄리아에 대한 새로운 보고가 있었다.

"고니시의 양녀이며, 독실한 기리스탄이라고 합니다. 궁궐에서도 몰래 기도하는 모습을 하인들이 여러 차례 목격했다고 합니다."

"뭐라? 고니시의 양녀? 참으로 기분 나쁜 일이구나."

"네. 그렇습니다. 고니시가 조선에서 데려와 양녀로 삼았다고 합니다."

"알았다."

이에야스는 어이가 없었다. 그래도 그 아이가 자신의 생명을 구해준 은인이 아니던가. 목소리를 낮추면서 부하들을 타일렀다.

"줄리아와 루시아와 클라라 모두 괴롭히지 말고 처우를 잘 해주어라."

"네. 그렇게 하겠습니다."

이에야스는 루시아와 클라라 보다는 줄리아에 대한 미련을 버리지 못했다. 부하들에게 수시로 그녀의 심경 변화를 물었다. 하지만, 그녀의 생각은 전혀 달라지지 않았다. 오히려 나쁜 소문만 유행병처럼 퍼졌다.

'남의 눈을 피해 수시로 궁을 빠져 나가서 문란한 생활을 했다.'

'야만스럽고 고집이 센 조선인의 피가 흐르고 있는 여자다.'

'교육도 제대로 받지 못한 무식한 여인이다.'

그러나 줄리아는 그 어떠한 소문에도 아랑곳하지 않았다. 모두가 사실과 다른 헛소문이었기 때문이다. 소문은 꼬리를 무는 법! 소문은 이에야스의 귀에도 들어갔다. 이에야스는 이에 대한 진상 조사를 했다.

조사 결과 모두가 사실무근이었다. 교회에 가서 고해성사를 하기 위해서 궁을 나간 것이며, 덕이 많고 모범적인 생활을 하는 온화한 품성의 여인으로 알려져 있었다. 시간이 흐를수록 이에야스의 호감도는 더욱 높아졌다. 다시 줄리아를 불렀다.

"불쌍한 너를 거두어준 사람의 은혜에 대해서 생각해보았느냐?"

"네. 많은 생각을 했습니다. 보잘 것 없는 저에게 이토록 많은 은혜를 베풀어 주신데 대해 진심으로 감사드립니다."

"그렇다면 그 은혜에 보답을 해야 하지 않겠느냐?"

"네."

"차라리 네가 나의 후궁이..."

"아닙니다."

"뭐가 아니더냐? 말해 보거라."

"하느님은 조선에서 태어나 믿음이 없는 저를 고니시 장군을 통해 일본에 오게 하시고, 유일한 구원인 성스러운 계율과 당신의 소식을 알게 하시는 커다란 사랑을 베푸셨습니다. 지상의 왕을 기쁘게 하기 위해서 하늘의 왕인 주님을 불편하게 할 수는 없습니다. 생명을 주신 하느님의 은혜가 너무 커서..."

"듣기 싫다. 입 다물라."

"..."

며칠 후 이에야스가 줄리아를 불러서 다시 말했다.

"지금이라도 늦지 않았다. '나는 기리스탄이 아니요'라는 한 마디만 해라. 그렇다면 모든 것을 용서해 주겠다."

"저는 진정한 천주교인이며 하느님의 자녀입니다."

"그래. 그렇다고 치자. 너에게 돌아온 것은 무엇이냐?"

"평화입니다. 온 세상에 전쟁과 억압이 없는 평화입니다."

"다시 한 번 묻겠다. 하느님의 자녀? 그건 말도 안 되는 억지이니라."

"아닙니다. 그 분은 골고다 언덕에서 십자가에 못 박혀 돌아가시고, 사흘 후에 부활하셨습니다. 오고쇼님께서도 평화주의자 아니십니까? 히데요시(秀吉) 시절 조선과 단절했던 통신사들도 일본에 불러오면서 화평을 주장하시지 않았습니까?"

이에야스는 줄리아가 자신을 칭찬해주자 자기도 모르게 어깨가 으쓱해졌다. 다시 줄리아가 말을 이었다.

"오고쇼 님! 차라리 하느님의 곁으로 오시지요"

"허허허...나를 가르친다?"

이에야스는 부하들을 불러서 명령을 내렸다.

"당장 저 년을 멀리 일본 땅 밖으로 내쫓아 버려라."

이에야스의 마지막 자비조차도 거부한 줄리아- 이에야스는 더욱 근엄한 어조로 마지막 명을 내렸다.

"저 아이를 40년 유배형에 처하라."

***

1611년 12월. 줄리아는 감옥에서 규슈로부터 날아든 세스페데스 신부의 사망 소식을 들었다. 가슴이 철렁 내려앉았다. 자신을 이에야스 성으로 들어가지 말라고 극구 말리던 말씀이 새록새록 떠올랐다.

'남달리 강인한 정신과 체력을 가지셨던 신부님 아니던가.'

줄리아는 신부님의 덕망과 신앙심을 떠 올리면서 자신의 신앙심에 대한 다짐을 더욱 굳게 했다. 그러면서 신부님의 명복을 빌었다.

"때마침 일요일 아침이어서 교회는 남녀 신도들로 가득 메워져 있었답니다. 신부님의 갑작스러운 사망 소식에 모두가 아연실색하였으며 비통해 하였답니다."

나가사키를 비롯한 규슈의 소식에 정통한 신자로부터의 말이었다. 줄리아는 눈물을 흘리면서 말을 이었다.

"그럴 것입니다. 얼마나 훌륭하신 분입니까? 제가 태어난 조선에도 다녀오신 분입니다. 언젠가 묘소라도 한 번 다녀와야겠습니다. 저에게 그러한 기회가 있을지 모르겠지만요."

"신부님 묘소에 천주교 신자들의 행렬이 줄을 잇는다고 합니다."

"당연한 일이지요. 얼마나 많은 사람들에게 사랑을 베푸셨습니까?"

세스페데스 신부-

60평생 중 일본에 머무른 기간만 34년이다. 그는 죽는 날까지 선교 활동을 하고 다녔다. 1611년 12월 어느 일요일 아침. 나가사키에서 신부 및 관구장 신부를 알현하고 고쿠라(小倉)의 집으로 돌아오는 길이었다. 마중 나온 사람들의 영접을 받으면서 집으로 발걸음을 옮기던 중 뇌출혈로 쓰러지고 말았다.

그의 마지막 말은 '하느님! 감사합니다'가 전부였다.

제7장
유배자가 되어

《1》

- 1612년 3월 20일

"놀라운 일이로다. 이에야스 님의 명령을 거부하고 고개를 똑바로 쳐들고 맞서다니…"

궁궐의 문무백관을 비롯해서 모든 궁녀들까지도 놀라움을 금치 못 했다. 나는 새도 떨어뜨릴 수 있는 일본 최고 권력자에 맞서고 있으니 말이다. 줄리아는 이에야스의 명령에 의해 이즈 제도에 있는 오시마(大島)로 유배를 떠나게 되었다. 하지만, 줄리아는 차라리 '40년 유배'라는 권력자의 명령이 더욱 좋았다.

"하느님! 감사합니다. 주님이 베푸신 따뜻한 손길에 감사드립니다. 성상과 묵주, 미사포… 교인으로서 갖춰야 할 물건들을 가지고 갈 수 있는 것만으로도 감사합니다."

도쿠가와 이에야스의 지엄한 명에 의해 줄리아는 결국 유배를 떠났다.

일차 목적지는 아지로(網代)항구였다. 배를 타기 위해서다. 그 길은 돌이 많아서 특별히 가마가 준비되었다. 이 또한 이에야스의 배려였다. 줄리아는 궁을 돌아보면서 슨푸성을 향해 절을 했다. 도쿠가와 이에야스에 대한 최소한의 감사의 표시였다. 가마는 한(恨) 많은 여인 줄리아를 태우고 움직이기 시작했다. 험난한 산길이 시작되는 순간이었다. 줄리아는 가마를 세웠다.

무거운 자신을 태우고 산길을 걸어야 하는 호송꾼들에게 미안한 생각이 들었기 때문이다. 더욱이 자신은 죄인이 아닌가.

"가마를 세워주세요. 여기서부터 걸어서 가겠습니다."

"네? 이토록 힘한 산길을 걸어서 가신다고요?"

"네. 내려주세요"

"…"

가마꾼과 호송원들의 눈이 휘둥그레졌다. 그들은 줄리아의 고집을 꺾을 수 없었다. 줄리아는 가마에서 내려 맨발로 돌길을 걷기 시작했다. 그러면서 말했다.

"우리 주 예수 그리스도가 십자가를 등에 지고 예루살렘의 골고다 언덕으로 가실 때 가마나 수레를 타지 않으셨으며, 신발도 신지 않고 많은 피를 흘리며 가셨으므로 주님의 종인 저도 이 길을 걸으면서 주님의 고행을 몸소 실천해 보고 싶습니다."

줄리아의 발에서 피가 흘렀다. 길가에서 그녀의 처절한 모습을 보던 사람들이 눈물을 흘렸다. 한 걸음 한 걸음마다 피 자국이 서렸다. 그래도 그녀는 고통을 참으면서 걷고, 또 걸었다. 발이 찢기고 피가 흘렸으나 얼굴은 지극히 평화스러웠다.

하지만, 호송원들이 참다못해 억지로 그녀를 가마에 태웠다. '잘 보살피라'는 이에야스의 지엄한 명령이 있었기 때문이다. 호송원들에게는 하느님보다는 이에야스의 힘이 강하다고 믿고 있는 사람들이기에.

"이렇게 순결한 아가씨가 이 험한 고뇌의 길을 걸어야 하나?"

"이에야스 님의 수청을 거부했잖아."

"그 또한 아무나 할 수 없는 일이 아닙니까? 참으로 훌륭한 여인이군요."

"아니야, 기리스탄이라서 유배를 가는 거예요."

오다 줄리아는 그들의 말을 흘려버리고 가마 안에서 성가 '나는 믿나이다'를 불렀다.

"나는 굳게 믿나이다.

진실하온 주님 말씀 성세 때에 드린 맹세 충실하게 지키리다."

그 성가는 바로 하느님의 말씀이자 생명의 노래였다. 길가에서 가마를 지켜보던 사람들 중에서도 성가를 따라 부르는 자가 있었다. 호송원들도 눈치가 있어서인지, 주변 사람들을 제지하지 않았다.

"줄리아 님! 여기에서 잠시 쉬었다 갈까요?"

"네. 그렇게 하시지요."

아직은 이른 춘삼월 이지만 언덕길을 오르던 가마꾼도 줄리아도 헉헉 댔다. 가마를 세우고서 줄리아에게 말했다.

"아가씨! 저기 바다 너머 섬이 보이시지요?"

"네. 보입니다. 안개 속의 저 섬을 말씀하시는 거죠?"

"그렇습니다. 오시마(大島)라는 섬입니다. 거기로 유배를 가시는 것입니다."

"그렇습니까?"

짧은 대화 후 다시 가마는 언덕길을 내려가기 시작했다. 아지로 항구에 다다르자 줄리아는 자신을 따르면서 성가를 불러준 군중들에게 작별 인사를 하고서 배에 오르기 전 기모노를 평상복으로 갈아입었다. 그리고서 남루한 옷차림의 한 여인에게 기모노를 주었다.

"이 기모노를 받으세요. 저에게는 필요 없는 사치품입니다. 깨끗하게 입었으니 조금만 손질 하시면 새 옷이 될 것입니다."

"감사합니다. 비싼 천이군요. 잘 입겠습니다."

줄리아는 배에 오르기 전 고해성사를 하려고 했으나, 신부가 없어서 어느 대리인을 통해서 했다.

"신앙을 위한 유형은 일종의 순교입니다. 거기서 죽더라도 진실한 순교입니다. 그것을 위한 증명은 피를 흘리는 것입니다."

줄리아는 눈을 감고 기도를 했다.

"귀양살이 끝날 때에 당신의 아들 주 예수님 뵙게 하소서. 너그럽고 자애로우시며 아름다우신 동정녀 마리아 님! 천주의 성모님, 저희를 위하여 빌어주시어 그리스도께서 약속하신 영원한 생명을 얻게 하소서."

줄리아는 기도하면서 유배 길에 올랐다.

'주의 계명 깊이 새겨 바른길로 나가리다.

주여, 세상 풍파 중에 우리 보호 하옵소서.

하느님 백성 된 우리 주님께 의탁하오니

영원 상속 주옵소서.'

부두에서 부르는 신도들의 성가는 '나는 믿나이다' 2절이었다. 항구를 떠난 배는 섬을 향해 속절없이 흘러갔다.

'주 하느님 지으신 모든 세계

내 마음 속에 그리어볼 때

하늘의 별 울려 퍼지는 뇌성

주님의 권능 우주에 찼네.'

그녀의 성가는 끝이 없었다. '주 하느님 크시도다'를 부르면서 오히려 자유로운 영혼이 된 기쁜 마음으로 황폐하고 빈곤한 섬 오시마에 유배를 가게 되었다. 슨푸성을 떠나 산 넘고 물 건너 6일 만인 1612년 3월 26일의 일이다. 그녀는 배에서 신부님께 편지를 썼다.

"며칠 동안 고통이 있었으나 하느님은 저에게 새로운 길을 열어주셨습니다. 외딴 섬에 유배된 저. 하느님은 저에게 뚜렷한 임무를 주셨습니다. 저는 이 모든 고통을 감내할 자신이 있습니다. 신부님의 기도를 믿겠습니다. 자주 기도해 주시고, 시간이 나는 대로 또 편지를 올리겠습니다."

《2》

육지는 시야에서 완전히 사라졌다. 바다 위의 배는 말 그대로 일엽편주에 불과했다. 뒤 따라오던 갈매기들도 환영만 남긴 채 줄리아를 떠나갔다.

아! 망망대해로다.
날 따라오던 갈매기들과도 작별이로다.
갈매기들과 벗 삼으며 살리라고 빌었건만,
갈매기들마저도 날 떠나는 구나.
두 번째 건너는 바다로다.
기억도 없던 나이에 현해탄을 건넜고,
나이 스물에 또 다시 바다를 건너구나.
조선의 부모형제, 일본의 부모형세, 천국에서 만나러나.

순간 줄리아의 눈에서 눈물이 주루룩 흘러내렸다. 배가 흔들리니 바닷물도 튕겼고, 눈물과 바닷물이 뒤범벅이 됐던 것이다. 줄리아를 호송하던 사공들도 하늘을 쳐다보며 눈물을 훔쳤다.

"세상에 이토록 순수하고 아름다운 여인에게 무슨 죄가 있다고, 이에야스 님이 너무하신 거 아닌가."

"너무나 지나치신 처사야."

"우리 같은 소인배들이 봐도 이건 너무나 심한 형벌이야."

뱃사공들도 줄리아의 순수한 모습에 이에야스에 대해 푸념을 했다. 얼마나 많은 시간이 흘렀을까. 오다 줄리아는 첫 유배지인 오시마(大島)에 내렸다. 열악한 섬에는 유배자들이 머무르는 작은 오두막들이 있었다.

한 달쯤 지난 어느 날 감시자에게 훈령이 내려왔다.

"줄리아를 니지마(新島)로 유배토록 하라!"

두쿠가와 이에야스가 직접 하달한 명령이었다. 한 달 정도면 줄리아가 후회하고 궁으로 돌아올 것으로 착각을 하고 있던 이에야스가 아무런 소식이 없자 다시 더 먼 섬으로 내몬 것이다. 니지마는 오시마보다도 더 작은 섬이었다.

그런데 줄리아는 그곳에서 궁에서 함께 일했던 여인들을 만났다.

"아니? 줄리아님! 어떻게 이곳까지 오셨나요?"

"일이 그렇게 되었습니다."

"그래도 벗이 생겨서 다행입니다."

"그런데 무슨 일로 유배자의 몸이 되셨나요?"

"나중에 천천히 말씀드리겠습니다. 먼저 이 섬에서 살아가는 방법에 대해서 알려드리겠습니다."

니지마(新島)에도 궁에 있던 이교도 여성 몇 명이 추방되어 있었다. 그녀들이 추방당한 이유는 알 수 없었으나, 그 중 두 명과 특별히 친하게 지냈다. 그러면서 마음이 통하기 시작했고, 말 벗이 되었다. 줄리아는 이교도들을 전도하려고 마음먹고 입을 열었다.

"하느님에 대해서 어떻게 생각하시나요?"

"글쎄요. 단 한 번도 하느님의 존재를 생각해본 적이 없습니다."

"천지의 창조주이시며 전지전능하고 영원한 존재로서 우주 만물을 섭리로 다스리시는 분입니다."

"그렇습니까? 우리가 지금 보고 있는 이 세상이 모두 하느님께서 창조하신 것입니까?"

"맞습니다. 하느님이 창조하신 것입니다. 저희들의 육신과 영혼도 마찬가지입니다."

"저희들도 하느님의 종이 되렵니다. 어떻게 하면 되나요?"

"저를 따르십시오."

줄리아는 눈을 감고 기도했다. 그녀들도 줄리아를 따라 기도했다. 그리고서 줄리아는 그들에게 막달레나와 마리아라는 세례명을 지어 주었다.

"오늘부터 막달레나와 마리아라는 세례명으로 부르겠습니다."

"좋습니다. 줄리아님!"

어느 날. 줄리아가 바다와 갈매기와 초목들을 벗 삼아 살고 있을 무렵 수평선 저 멀리에서 가물가물 작은 배 한척이 다가오고 있었다. 줄리아는 '또 다른 사람이 유배를 오는 것일까?' 생각만할 따름이었다. 잠시 후 배에서 내린 두 여인. 줄리아는 깜짝 놀랐다.

"아니, 루치아? 클라라?"

"네. 줄리아님! 저희들입니다."

"주님! 감사합니다. 주님! 감사합니다."

루치아와 클라라는 줄리아의 슨푸성 동료였다. 감격의 순간이었다. 이에야스에 의해서 감옥에서 같이 생활하기도 했다. 그녀들도 성을 빠져나와 수소문 한 끝에 줄리아를 찾아서 니지마(新島)에 온 것이다. 이것은 인간의 능력으로는 도저히 해 낼 수 없는 기적이었다.

줄리아는 니지마에서 오래 머물지 못했다. 이에야스의 지엄한 명령으로 15일 만에 다시 더 먼 섬인 고즈시마(神津島)로 유배를 가게 되었다.

"줄리아 님! 저희도 곧 뒤를 따르겠습니다."

"감사합니다. 기다리겠습니다."

루치아와 클라라는 눈물을 흘리면서 줄리아의 뒤를 따르기로 했다.

고즈시마는 이즈제도(伊豆諸島)에 있는 작은 섬이다. 이즈제도는 태평양에 연해 있는 일본의 섬들을 총칭한 말이다. 줄리아는 오시마, 니지마를 거쳐 최종 유배지인 고즈시마로 간 것이다.

《3》

• 1612년 5월

줄리아 오다의 최종 유배지인 고즈시마 섬의 환경은 말할 수 없이 열악했다. 열 채도 되지 않은 허름한 초가집이 몇 채 있을 뿐 사람이 살 수 없는 곳이었다. 궁에서의 생활과 비교하면 천당과 지옥이었다. 그래도 줄리아는 궁과는 다른 풍요로움으로 느꼈다. 자유가 있었기 때문이다.

주여 당신 종이 여기 왔나이다.
오로지 주님만을 따르려 왔나이다.
십자가를 지고 여기 왔나이다.
오로지 주님만을 따르려 왔나이다...

성가 '주여 당신 종이 여기'를 부르면서 산길을 걸었다.

이 섬의 책임자는 비탈길 언덕에 쓰러져가는 초가집 한 채를 줄리아에게 숙소로 내주었다. 집이라고 할 수도 없는 작은 공간에 보따리를 푼 줄리아는 예수회 총장 클라우디오 아쿠아비바(Claudio Aquaviva) 신부에게 편지를 썼다.

"주님은 당신에 대한 믿음이 없는 조선에서 태어난 저를 인도하시고자 아우구스치노(小西行長)를 통해 일본에 오게 하시고, 성스러운 계율과 당신의 소식을 알게 하시는 커다란 사랑을 베푸셨습니다…현세의 왕국에서 받은 이전의 은총보다도 천국의 정배로서 지금은 더욱 큰 은총을 받고 있다고 생각하고 있습니다. 제가 있는 이 작은 섬을 갈바리아(Calvaria) 언덕(예루살렘 북쪽 교외에 있는 예수 그리스도가 십자가형을 당한 언덕)으로 생각하고 있습니다. 저는 우리의 주 그리스도의 발아래서 일생을 마칠 것을 각오하고 있습니다. 그리스도의 성스러운 수난에 대한 여러 이야기를 떠올리면서 마음에 깊은 위로와 교화를 받습니다."

줄리아는 절해고도로 유배당한 아픔을 잊고 주님의 섭리에 대한 확신과 믿음으로 살 것을 결심하고 있었던 것이다. 자연과 함께 살아가는 줄리아. 문밖을 나서면 산이고, 발걸음을 몇 발자국 옮기면 바다였다. 사람들의 그림자는 좀처럼 볼 수 없고 갈매기들의 울음소리가 유일한 벗이었다.

줄리아는 자신에게 세례를 주고 세례명을 지어준 베드로 모레홍(Petro Morejon) 신부에게 편지를 썼다. 신부님이 보내주신 편지에 대한 답장이었다.

"신부님의 편지를 받고 정말 기뻤습니다. 공경하는 마음으로 몇 자 쓰려고 합니다. 신부님이 처한 상황이 더욱 악화되는 것이 아닐까? 온 종일 걱정하며 보냈습니다. 성탄절이 곧 다가오고 저는 그 지역에 계신 신부님들의 처지에 대해 특별히 두려운 마음을 가지고 있습니다. 비록 저는 죄 많은 여인에 지나지 않지만 늘 교회의 처지와 번영을 위해 기도하고 있습니다. 저를 위해서도 천주님께 기도하여 주시기를 간청 드립니다. 6월경에 편지를 드렸는데 받아 보셨는지요? 만일 신부님이 제가 요청한 것을 구하실 수 있으시면 그것들을 오카다 마리아에게 보내주시면 감사하겠습니다…이곳의 일에 대해서는 전혀 신경을 쓰지 마시기 바랍니다. 이곳은 하느님의 뜻을 실현하고 섬기기에 적합합니다. 저의 유일한 바람은 제가 살고 있는 동안 고해를 하는 것입니다."

수풀이 많고 바닷물과 백사장이 있는 자연 그대로의 모습인 고즈시마. 줄리아는 사람이 얼마 살지 않는 것 빼고는 나무랄 것이 없는 곳이라서 너무나 좋았다. 그런 가운데 가끔씩 떠오르는 사람, 빈센트 권으로부터 편지가 왔다. 줄리아는 떨리는 손으로 편지를 뜯었다.

'사랑하는 줄리아! 신부님으로부터 네가 일본땅 밖으로 유배를 갔다는 소식을 접하고서 너무나 가슴이 아팠다. 아니 가슴이 무너지는 것 같았다. 그래도 주님의 은총으로 잘 견디리라 믿는다. 나는 지금 중국의 북경에서 공부하고 있다. 조선으로 들어가 백성들에게 하느님의 가르침을 전파하려고 하는데 쉽지가 않구나. 돌아가신 고니시님도 줄곧 생각하고 계셨던 일이 아니더냐. 중국에는 7년 정도 머물 계획이다. 부디 강건하기 바란다. 중국 북경에서 오라버니가'

줄리아는 기쁨과 슬픔이 교차되어 흐르는 눈물을 주체할 수가 없었다. 그래도 그토록 신앙심이 강한 오라버니의 편지를 받고 보니 버려진 땅 고즈시마가 오히려 희망의 성지처럼 느껴졌다. 그리고 허공을 향해서 큰 소리로 외쳤다.

"오라버니! 감사합니다. 그리고 강녕하시기 바랍니다. 주님의 이름으로 기도합니다."

***

당시 섬사람들은 대부분 미신을 믿고 있었던 터라 줄리아가 복음을 전파하는 일은 대단히 어려웠다. 그러나, 줄리아는 어려운 현실에 굴복하지 않고 섬사람들을 교화시켜 나갔다. 특히 고질병을 앓고 있는 환자들을 위해 산에서 캔 약초로 약을 만들어 그들을 치료하는 일에 정성을 쏟았다.

"마님! 마님! 문 좀 열어주세요."
"이 밤중에 무슨일이세요?"
"아이가 온 몸이 불덩이입니다. 때로는 숨을 쉬지 않아요."

"네. 들어오세요."

줄리아가 아이의 머리를 만져보니 말 그대로 불덩이였다. 바로 해열제를 먹였다. 줄리아는 산에서 나오는 각종 약초들을 채취해서 말리고 빻아 작은 약방을 만든 것이다. 결국, 섬사람들은 줄리아가 신통한 의술을 가진 특별한 여인이라고 여기게 되었으며, 이는 곧 섬사람들로부터 존경을 받는 계기가 됐다.

어린 아이들의 병을 치료해주고, 어부들의 상처도 낫게 해주면서 가끔씩 산에 올라 땔감 나무는 물론 물을 길어 오기도 했다. 그러면서 제법 섬 생활에 적응하게 되었다. 더욱 중요한 일은 성서를 열심히 읽으면서 기도하는 것이었다.

"한 처음에 하느님께서 하늘과 땅을 창조하셨다."

"하느님께서 말씀하시기를 '빛이 생겨라' 하시자 빛이 생겼다".

"땅은 아직 꼴을 갖추지 못하고 비어 있었는데, 어둠이 심연을 덮고 하느님의 영이 그 물위를 감돌고 있었다."(창세기 1장 1절-3절).

"내 계명을 받아 지키는 이야말로 나를 사랑하는 사람이다. 나를 사랑하는 사람은 내 아버지께 사랑을 받을 것이다. 그리고, 나도 그를 사랑하고 그에게 나 자신을 드러내 보일 것이다."
(요한복음서 제14장 21절).

이즈(伊豆)제도에는 대표적인 섬이 7개 있다. 이 7개의 섬을 오시마(大島), 도시마(利島), 니지마(新島), 고즈시마(神津島), 미야케지마(三宅島), 미쿠라지마(御藏島), 하치죠지마(八丈島)로 부른다.

고즈시마에서 줄리아는 나이든 어느 노인을 만났다. 이야기를 나누다보니 이시다 미쓰나리의 가문인 듯했다. 그 역시 정치범으로 유배 온 사람임에 틀림없었다. 그는 세키가하라 전투에 대한 이야기를 꺼냈다.

"고니시 유키나가님의 양녀라고 알고 있습니다만…"

"어떻게 아셨나요?"

"여기 몇 사람이 사나요? 밥그릇, 젓가락 숫자까지 다 알고 있습니다. 단지 그것을 입 밖으로 내뱉지 않을 따름이지요."

"그렇군요. 저만 몰랐습니다. 노인께선 어떤 연유로 이곳까지 오셨나요?"

"그야, 뻔하지 않습니까? 이시다 미쓰나리님의 가문입니다."

'그렇습니까? 저의 양아버지와 한 배를 타셨군요."

줄리아는 자신이 느꼈던 이시다 미쓰나리에 대한 이야기를 하려다 그만 두었다. 어차피 이 세상을 떠난 사람의 문제점을 털어봐야 아무런 소득이 없어 보여서다. 눈치빠른 노인은 화제를 돌려서 이 섬에 내려오는 전설에 대해서 이야기하기 시작했다.

"이 섬에 내려오는 전설을 들려 드릴까요?"

"전설이라니요?"

"음.."

목을 다듬은 노인은 다시 입을 열었다.

"전설에 의하면 이즈제도 섬의 신(神)들이 모여서 회의를 했다고 합니다."

"아? 네. 이 섬에도 신들이 있었군요."

"물론입니다. 신은 어디에나 존재합니다."

"이즈(伊豆)가 7도(七島)인 것은 알지요?"

"대충은 알고 있습니다. 관원으로부터 설명을 들었습니다."

"고대 사대주명(事代主命: 大國主明, 少彦名明)과 함께 일본에서 받드는 신(神)들에 의해서 만들어진 이후, 각 섬의 신들은 중앙에 자리 잡고 있는 고즈시마(神津島)에 모여 회의를 했답니다. 당시에는 신들이 모이는 섬이라고 해서 고슈시마(神集島)라 불렀지요."

노인은 지팡이로 땅바닥에 글씨를 쓰면서 말을 이어갔다. 땅바닥에 쓴 글씨였으나 달필이었다. 줄리아가 고개를 끄덕이자 노인은 계속해서 말을 이어 나갔다.

"그 후 발음이 변하여 고즈시마(神津島)가 되었어요. 회의 장소는 이 섬에서 가장 높은 산인 덴죠산(天上山) 정상에 있는 화구(火口)의 연못이었지요."

"회의 주제는 무엇이었습니까?"

"생명의 원천인 물이었어요. 각 섬에 물을 분배하는 방법에 대한 회의였습니다."

"그래도 물을 분배하는 기준이 있었을 것 같은데요?"

"이른 아침 순번대로 물을 나누는 것이었습니다."

노인은 전설을 실제로 자신이 경험했던 것처럼 실감나게 설명했다. 결과는 어떻게 되었을까.

이른 새벽 미쿠라지마(御藏島) 신이 1등으로 도착했다. 부지런한 그는 가장 많은 물을 차지했다. 그래서 미쿠라지마(御藏島)는 물이 풍부한 섬이 되었다. 2등은 니이지마(新島) 신, 3등은 하치죠지마(八丈島) 신, 4등은 미야케지마(三宅島) 신, 5등은 오시마(大島)의 신이었다. 이들은 차례대로 물을 충분히 가져갔다. 그런데 늦잠을 자다가 뒤늦게 나타난 도시마(利島) 신은 연못이 거의 바닥나 있다는 것을 알고 분노했다. 그는 연못에 뛰어들어 난동을 부리며 휘젓고 다녔다. 연못에 남아있던 물은 사방으로 흩어졌다. 덕택에 고즈시마(神津島)는 여기저기서 물이 솟아나게 되었다.

"그래서 고즈시마에는 물이 풍부하군요."

"그래요. 모든 일에는 그에 대한 근원이 있는 것이에요."

"하하하"

줄리아는 큰 소리로 웃었다. 전설이라지만 현실적이면서도 재미가 있었기 때문이다.

노인의 말은 틀림이 없었다. 육지로부터 멀리 떨어져 있는 섬에 사는 사람들에게 있어서 물은 말 그대로 생명의 원천이었다.

"덴죠산(天上山) 정상에 있는 그 연못에는 신의 영역으로 여겨져서 사람들이 함부로 발을 들여 놓을 수 없는 곳이지요."

"그렇지 않습니다. 그곳은 신의 영역이 아니라 하느님의 영역이십니다."

"하느님이라니요?"

"하느님은 전지전능하신 분입니다. 하느님께서 말씀하시기를 '하늘 아래에 있는 물은 한곳으로 모여, 뭍이 드러나라' 하시자 그렇게 되었습니다. 성서의 창세기에 나온 말씀이십니다."

"말도 안 되는 소리...그만둡시다."

미신을 믿고 있던 노인은 자리를 박차고 일어섰다. 당시 섬사람들은 대부분 미신을 믿고 있었던 터라, 줄리아가 복음을 전파하는 일은 대단히 어려웠다. 그러나, 줄리아는 어려운 현실에 굴복하지 않고 섬사람들을 교화시켰다.

줄리아는 꽃이 만발한 어느 봄날 아이를 살려준 섬 여인과 함께 산에 올랐다. 관목과 초원, 크고 작은 바위가 이어진 정상에는 하얀 사막과 천연의 연못이 있었다.

"아! 아름답다! 이곳에 이토록 아름다운 경관이 있었다니..."

줄리아는 움막 같은 어두운 곳에서 살아온 지난날을 후회했다. 물론, 하느님과 함께해서 그토록 처절하지는 않았다지만,

"그래. 이대로 하느님의 곁으로 날아가도 여한이 없으리…"

"마님! 잠시 이 바위에 앉아 쉬시지요. 저는 다리가 아파서 더 이상 서 있을 수 없습니다요."

"그래요. 잠시 쉬세요. 저도 쉬고 싶습니다."

바위에 앉아서 고개를 돌리자 멀리 후지산이 보였다.

"아니! 후지산이네요? 후지산…"

여인도 고개를 들고 줄리아가 가리키는 곳으로 얼굴을 돌렸다.

"네. 후지산이네요. 날씨가 좋은 날이면 잘 보입니다."

줄리아는 만감이 교차했다. 두고 온 친구들의 모습이 떠올랐기 때문이다. 그리고, 줄리아는 더욱 착잡한 마음이 들었다.

'오고쇼님은 건강하실까?'

불현 듯 떠오르는 모습이었으나 고개를 좌우로 흔들고 말았다. 이미 관계없는 사람이기 때문이다.

《4》

"아니, 여기에 사람에게 아주 유용한 신비의 약초가 있네요? 신센소(神仙草)라고 하는 약초야."

"아니? 줄리아 님은 어떻게 약초에 대해 많은 지식을 가지고 계시나요?"

"할머니와 어머니로부터 배운 것입니다. 모두 훌륭한 분이셨는데..."

고즈시마에는 아시타바(明日葉)라고 하는 신비의 풀이 자란다. 신비로운 효능이 있다는 의미에서 신센소(神仙草)라고도 한다.

키가 그다지 크지 않으나 뿌리가 굵다. 줄기 윗부분에서 가지가 갈라진다. 뿌리에 달린 잎은 줄기 밑동에서 모여 나며 잎자루가 굵다. 1-2회 3장의 작은 잎이 나온 깃꼴겹잎이며, 작은 잎은 달걀 모양이거나 부정형인데 둘 또는 셋으로 갈라진다. 잎은 두껍고 연하며 짙은 녹색으로 윤기가 난다.

꽃은 8-10월에 연한 노란색으로 피며, 꽃줄기 끝에 복산형 꽃차례(複傘形花序)로 작은 꽃이 달린다. 열매는 타원형으로서 길이 6-8mm이며 좌우에 좁은 날개 모양의 능선(稜線)이 있다.

줄리아는 본능적으로 아시타바의 생태적인 현상은 물론 그 효능까지 인지하고 있었다. 계절이 바뀔 때마다 잎과 줄기, 꽃 모양과 열매의 크기와 형태 등을 모두 기록하고 있었던 것이다.

이런 저런 소문으로 섬사람들이 한 명, 두 명 줄리아의 곁으로 모여들기 시작했다. 줄리아는 그들을 치료하는 것뿐만 아니라 그들에게 성서 공부를 시켰다. 줄리아의 설교다.

"요한복음서 14장 23절에는 다음과 같은 말씀이 있습니다. '누구든지 나를 사랑하면 내 말을 지킬 것이다. 그러면 내 아버지께서 그를 사랑하시고, 우리가 그에게 가서 그와 함께 살 것이다.'

"저를 따라서 해 보시지요."

"네."

섬사람들은 영문도 모른 채 줄리아가 읽어 주는 대로 따라서 읽었다. 기적이었다. 줄리아의 설교는 성서 출애굽기에서 전하고 있는 내용과 흡사했다. 이스라엘 민족이 이집트를 탈출해 약속의 땅으로 가던 중 기적적으로 홍해를 건넌 사건과도 같은 것이었다.

***

붉은 태양이 바다 속으로 잠기려는 시간이었다. '쾅쾅쾅' 줄리아의 방문을 세차게 두드리는 소리가 났다. 줄리아는 기도하던 중이라 천둥소리로 착각했다. 하지만, '쾅쾅쾅' 소리가 계속 이어졌다. 문을 열어보니 무녀(巫女) 복장을 한 여인이 서 있었다.

"당신 말이야! 오늘 나한테 혼 좀 나야겠어."

"..."

줄리아는 갑작스런 일이라 말문이 확 막혔다. 허리에는 가토 기요마사가 찼던 것과 같은 긴 칼을 어색하게 차고 있었다. 줄리아는 마음속으로 생각했다.

'무당이 칼춤이라도 추려는 것인가?'

"줄리아라고 했던가? 나는 일본의 신을 섬기는 여성 제사장이다. 감히 여기가 어디라고 '하느님, 예수님' 운운하면서 섬사람들을 현혹시키고 있는 거야? 풀뿌리, 나뭇잎으로 병을 치료하는 것은 무슨 해괴한 짓이고…"

무녀는 막무가내로 줄리아를 반말로 다그쳤다. 일본의 무녀는 예로부터 신사(神社)에 근무하며 주로 신관을 보조하거나 봉사하는 여성이다. 신직(神職) 자격을 가진 여성에 한해서다. 하지만, 줄리아를 찾아온 무녀는 자격이 없는 떠돌이처럼 보였다.

"저를 찾아오신 이유가 무엇입니까?"

"이 섬을 떠나든지, 아니면 어떠한 종교 행위도 하지 말든지 선택을 해라."

"그것은 저의 마음대로 할 수 있는 일이 아닙니다. 하느님의 허락을 받아야 합니다."

줄리아도 물러서지 않고 맞섰다.

"뭐라. 하느님? 하느님의 허락? 네가 하늘과 내통하고 있다는 말이구나."

"그건 무슨 말씀이십니까? 하늘과 내통하다니요?"

"고즈시마에서는 어업이 사람들의 생명줄이다. 풍어(豊漁)가 되도록 바다의 신에게 빌고, 또 빌어야 한다. 하늘이 아니라 바다의 신에게 빌어야 하는 거야. 그런데, 외지에서 날아온 네가 하느님 운운하는 것은 어불성설이다."

줄리아와 무녀의 논쟁은 끝이 나지 않을 상황으로 치달았다. 그래도 무녀가 몹쓸 짓은 하지 않을 것 같아서 줄리아는 마음을 놓았다. 이번에는 줄리아가 기선을 잡았다.

"일본은 산·강·나무·바위 등 자연 현상과 자연물 자체를 신으로 숭배하는 나라로 알고 있습니다. 자연 숭배와 다신교의 나라이지요."

"제법 알고 있군."

"하지만, 만물에 신이 깃들어 있다는 미신에서 탈피해야 합니다."

"뭐라? 미신이라? 말도 안 되는 소리…무녀도 신을 섬기고, 굿 의례의 집전을 전문으로 하는 종교인이다."

"아닙니다. 종교인은 깊은 신앙심을 바탕으로 도덕적 삶을 추구하는 사람이어야 합니다. 세상 만물에 빌고 춤을 추면서 서민들을 울리는 행위는 마귀에 가깝습니다."

"점입가경이네. 날 더러 마귀라니? 도저히 참을 수가 없구나. 오늘 너 죽고 나 죽자!"

그때 한 어머니가 아이를 데리고 급히 줄리아를 찾아오는 바람에 논쟁이 멈췄다.

"줄리아님! 줄리아 오다님! 우리 아들이 복통이 나서 급히 찾아 왔습니다."

줄리아는 무녀에게 말했다.

"미신을 버리고 하느님의 성전으로 나오세요. 저는 아이를 치료해야 합니다."

줄리아는 약초 가루를 물에 타서 아이에게 먹이면서 아이의 어머니에게 '아이의 배를 따뜻하게 해주라'는 당부를 했다. 한바탕의 소란이 지나간 후 줄리아의 집안은 다시 밤의 고요 속으로 빠져들었다.

줄리아는 기도했다.

"주님! 마귀를 몰아내시며 악의 유혹을 물리쳐 주소서.

아멘."

제8장
질곡(桎梏)의 세월들

《1》

• 1619년 1월

　줄리아가 고즈마에 유배된 지 어느 덧 네 번째의 새해가 밝았다. 365일 바다에서 몸을 드러내는 태양이 같은 모습이지만 새해 첫날의 해는 더욱 찬란하고 아름다워 보였다.

　"아! 아름다운 태양이어라. 주님! 감사드립니다. 오늘도 또 이렇게 하루를 살게 해 주심에 감사드립니다."

　"줄리아님! 오늘은 평소보다 일찍 일어나셨네요? 그런데, 태양이 너무 눈부십니다."

　그림자처럼 따라다니는 섬의 여인이 말했다. 기분 좋은 하루였다. 약초를 캐느라고 산등성이를 오르고 내린 하루였다.

　피곤한 하루를 보내고 막 잠자리에 들려는 순간 어디선가 사람의 발자국 소리가 들리는 듯 했다. 분명 이 쪽으로 오는 사람이었다.

　"똑똑똑…"

　작은 소리가 큰 울림으로 들렸다. 사방이 고요한 밤의 정적 때문이다. 말소리는 여전히 들리지 않고 문을 두드리는 소리뿐이었다. 줄리아는 용기를 내서 문을 열지 않고 창밖을 향해서 말했다.

"누구십니까?"

"쉿! 고니시님을 모시던 마스다 진베이(益田甚兵衛)입니다. 문 좀 열어 주세요."

작은 목소리였으나 귀에 익은 목소리였다. 가물가물 바람에 흔들리는 호롱불 아래에서도 낯익은 얼굴임을 알 수 있었다.

"아니, 마스다 진베이님이 아니십니까?"

"그동안 강녕하셨습니까?"

고니시의 추종자이자 기리스탄인 마스다 진베이가 고즈시마를 찾아왔다. 세례명이 베드로. 부인의 세례명은 마르타인 독실한 천주교인이다. 그는 성호를 그으며 기도했다.

마스다 진베이는 도쿠가와 이에야스가 병석에 눕자 줄리아를 찾아서 그가 계획하고 있던 민중 봉기의 선봉자로 줄리아를 내세우기 위해서였다.

"아니? 진베이 님! 어떻게 여기까지..."

"주님의 가호로 여기까지 왔습니다."

두 사람이 이구동성으로 내뱉는 말은 주님의 가호였다. 그리고서, 긴 침묵 아니 기도의 시간이 흘렀다. 자세를 가다듬은 두 사람은 누추하기 짝이 없는 오두막에서 마주 앉았다.

"신부님께 보낸 편지로 줄리아님의 소식을 듣고 있었습니다. 그래도 건강하신 모습을 직접 뵈니 주님의 은혜로움을 알 수 있겠군요."

"감사합니다. 그런데, 이토록 먼 길을 어떻게 오셨나요? 위험스러운 일이기도 하고요."

"저희들은 줄리아님을 이곳에서 탈출시키려는 계획을 갖고 있습니다."

"네? 탈출이라니요? 큰일 날 말씀을 하십니다."

"아닙니다. 줄리아님이 세상과 격리된 유배 생활을 하신다는 것은 도저히 용납할 수 없는 권력자의 만용이자 횡포입니다. 곧 풀려나실 것이라는 소문도 돌고 있습니다."

마스다 진베이의 어조는 단호했다. 하지만, 줄리아는 아무런 대답도 하지 않았다. 자신의 결심이 서 있지 않았기 때문이었다.

"지금 당장이라도 이 섬을 떠나시지요. 에도 막부도 도요토미 히데요시와 마찬가지로 기리스탄의 '박해와 탄압'을 계속하고 있지 않습니까?"

"그렇지요? 참으로 안타깝고 가슴 아픈 일입니다."

"그래서 기리스탄들이 중심이 되어 무장봉기를 하려고 합니다."

"무장 봉기라니요? 갈수록 알 수 없는 말씀을 하시는군요."

"이 섬을 빠져나가 기리스탄으로서 저희들과 뜻을 같이 해주시라고 부탁하러 왔습니다."

"안 됩니다. 저는 죄인의 몸입니다."

"죄인이라니요. 이에야스가 억지로 만들어낸 죄 아닙니까?"

"말씀은 감사합니다만, 저는 아직 이 섬을 떠날 수 없습니다."

줄리아의 의지는 분명하고 강했다. 어떠한 말을 해도 설득이 되지 않았다. 마스다 진베이가 다시 물었다.

"줄리아님! 이유가 무엇입니까?"

"예수님은 본디 정치적 혁명을 반대하셨습니다. 폭력적 전복이나 하느님의 이름으로 다른 이들을 죽이는 것은 예수님이 생각하신 방식이 아니라는 것입니다. 모든 경계를 넘어 하느님의 평화의 틀에서 하나가 되어야 합니다."

"…"

"그리고, 이 성전을 허물어라. 그러면 내가 사흘 안에 다시 세우겠다. 예수님은 고난을 견디어서 당신을 정당화시킨 것입니다. 이는 곧 십자가의 부활을 의미합니다."

"그럼, 예수님이 십자가에 매달리는 것은 무슨 이유일까요?"

"예수님이 십자가에 매달리신 것은 성전의 종말을 의미합니다. 성진은 그 분의 몸체입니다. 백성을 모으고 당신 몸과 피의 성사 안에서 하나 되게 하시는 부활은 더 이상 이 산이나 저 산이 아니라 영과 진리 안에서 하느님께 드리는 예배의 시작이었습니다. 요한복음서 4장 23절에 '진실한 예배자들이 영과 진리 안에서 아버지께 예배를 드릴 때가 온다'고 쓰여 있습니다."

줄리아의 말은 계속 이어졌다.

"기도는 영원한 생명입니다. 영원한 생명이란 홀로 참 하느님이신 아버지를 알고 아버지께서 보내신 예수 그리스도를 아는 것입니다. 영원한 생명은 삶과 죽음이 아니라 생명 그 자체입니다. '나를 믿는 사람은 죽더라도 살고 또 살아서 나를 믿는 모든 사람은 영원히 죽지 않을 것이다.' 저는 이 섬에서 기도하면서 살겠습니다."

"그래도 독재자들의 종교 탄압은 막아야 합니다. 그것이 진정한 하느님의 뜻이 아닐까요?"

"하느님의 말씀은 거룩한 진리입니다. '이들을 진리로 거룩하게 하십시오. 아버지의 말씀이 진리입니다. (요한복음서 17장 17절). '그리고 저는 이들을 위하여 저 자신을 거룩하게 합니다. 이들도 진리로 거룩하게 하려는 것입니다.'"

"저는 저들에게 당신의 이름을 드러냈습니다. 아버지께서 세상에서 뽑으시어 저에게 주신 이 사람들에게 저는 아버지의 이름을 드러내었습니다. 이들은 아버지의 말씀을 지켰습니다. 앞으로도 언제나 하느님은 그리스도 안에서 사람들에게 다가가실 것이며, 이는 사람들이 그분께로 다가갈 수 있게 하기 위함입니다. 그리스도와의 만남은 곧 하느님과의 만남이기도 합니다."

"그들이 모두 하나가 되게 하시옵소서. 아버지께서 제 안에 계시고, 제가 아버지 안에 있듯이, 그들도 우리 안에 있게 하시옵소서. 그리하여 아버지께서 저를 보내셨음을 세상이 믿게 하십시오."

"…"

"앞으로 다가올 시대의 믿는 이들 공동체라는 넓은 지평은 세대를 뛰어 넘도록 열려 있으며, 미래의 교회는 예수님의 기도 안으로 이끌려 가는 것을 의미합니다. 예수님은 일찍이 미래의 제자들이 일치하도록 청하셨습니다. 교회는 예수의 기도로부터 만들어집니다. 기도는 단순한 말씀이 아니라 그분께서 당신 자신을 희생하시는 행위입니다. 기도 안에서 십자가라는 잔인한 사건은 '말씀'이 되고 하느님과 세상의 화해의 축제가 된다. 이는 곧 그리스도를 믿는 교회의 탄생을 의미합니다."

'마스다 진베이'는 줄리아의 말을 듣고서 더 이상 강요하지 못하고 야음을 이용해서 고즈시마를 빠져나갔다. 줄리아는 성서를 펼쳐서 시편 23장을 읽었다.

주님은 나의 목자, 나는 아쉬울 것이 없어라.
푸른 풀밭에 나를 쉬게 하시고 잔잔한 물가로 나를 이끄시어
내 영혼에 생기를 돋우어 주시고 바른 길로 나를 끌어
주시니 당신의 이름 때문이어라.
제가 비록 어둠의 골짜기를 간다 하여도
재앙을 두려워하지 않으리니 당신께서 저와 함께 계시기
때문입니다.

당신의 막대기와 지팡이가 제에게 위안을 줍니다.
당신께서 저의 원수들 앞에서 저에게 상을 차려 주시고
제 머리에 향유를 발라 주시니 저의 술잔도 가득합니다.
저의 한평생 모든 날의 호의와 자애만이 저를 따르리니
저는 일생토록 주님의 집에 사오다.

《2》

• 1616년 7월

궁으로부터 인편으로 편지가 왔다. 궁에서 동고동락하던 시녀가 보내온 밀봉된 편지였다. 줄리아는 여느 때와 달리 떨리는 손으로 편지를 읽었다.

"멀고 먼 절해고도에서 얼마나 노고가 많으십니까? 좋은 소식인지, 나쁜 소식인지, 모르겠지만, 소식을 전합니다. 다름 아니라 이에야스 님이 지난 6월 1일 서거하셨습니다. 누구보다도 착잡한 마음이실 것입니다만, 그래도 알고 계시는 것이 좋을 것 같아서 몇 자 적었습니다. 주님의 보살핌으로 건강하시리라 믿습니다. 건강에 유의하시기 바랍니다."

그녀의 편지대로 줄리아의 마음은 착잡했다. 자신을 이곳까지 유배를 보낸 장본인이 아닌가. 그래도 연민이 있었다. 자신을 해(害)하지 않고 생명을 부지시켜준 권력자.

도쿠가와 이에야스는 어떻게 죽음을 맞이했을까.

1616년 정월, 슨푸 근교로 매 사냥을 나갔던 이에야스는 측근으로부터 도미 튀김을 먹은 후 그날 밤 복통을 일으키며 중태에 빠졌는데 시의(侍醫) 가타야마 소테쓰의 재빠른 조치로 회복되었지만, 이후 3개월 간 이에야스의 건강 상태는 '좋아졌다 나빠졌다'를 반복하다가 결국 1616년 6월 1일 73세를 일기로 눈을 감았다. 이에야스는 눈을 감기 전 아래와 같은 유훈을 남겼다.

"사람의 일생은 무거운 짐을 지고 먼 길을 가는 것과 같다. 서두를 필요가 없다. 자유롭지 못함을 항상 곁에 함이 지나친 것보다 낫다."

그리고, 측근에게 비밀스런 유언을 남겼다.

"고즈시마에 유배된 줄리아 오다를 방면토록 하라"

《3》

• 1616년 9월

섬에서 풀려나자 줄리아 오다는 나가사키를 향했다. 나가사키는 줄리아의 마음의 고향이자 신앙인의 마을이었기 때문이다. 꿈속에서 그리던 나가사키. 쥬스타 님과 마리아 님과 함께 거닐던 거리. 줄리아는 먼저 도미니코의 심신회 '로사리오회'에 가입하여 봉사하기로 마음먹었다.

이 단체는 성 콘프라디아(Confradia)라는 묵주 기도를 장려하기 위해 도미니코회 수사들에 의해 창립된 '심신회'이다. 줄리아는 이 단체를 도우면서 아이들에게 교리를 가르치고 성가를 부르게 한 이유로 봉행소로부터 추방 명령을 받았던 것이다.

그 속에는 조선인들이 세운 '성 로렌조 교회'도 있었다. 그들은 가난하였으나 자신들의 손으로 교회를 세웠다. 이 교회는 1619년까지 존속했다.

조선인들은 스스로 작은 돈을 모아 땅도 사고 그 땅에 교회를 세웠다. 그들은 가난에 개의치 않고 주님께 바치는 봉헌과 그들이 모시는 성인과 영혼의 자복을 위해 그들의 힘을 능가하는 성스러운 사업을 시도하고 있었다. 여기의 조선인들은 임진왜란과 정유재란 때 일본으로 잡혀간 포로들이다. 그들은 서러운 이국땅에서 자신들의 힘으로 작은 교회를 세우면서 기도했던 것이다.

나가사키의 후루가와(古川) 하류 변두리에 요로지야 마을(萬屋町)이 있다. 원래의 이름은 고라이마치(高麗町)였다. 조선인들이 많이 모여 살았기에 붙여진 이름이다. 이들은 나가사키 항에 들어오는 화물을 운송하거나 배를 수리하는 일을 했다.

이러한 사람들이 많아지자 신고라이 마치(新高麗町)를 만들어 새로운 주거지가 형성되기도 했다. 이 지역에는 오래 전부터 콩나물, 고구마, 감자를 파는 가게가 많았고 전당포를 하는 사람들도 있었다. 이 교회는 10년 정도 운영되다가 역사 속으로 사라졌고, 후일 이세궁(伊勢宮)이라는 신사가 세워졌다.

***

"줄리아님! 나가사키에 오셨다는 소문이 사실이군요."

"네. 나가사키의 '로사리오 회'에서 봉사하고 있다가 고니시 장군님의 발자취를 찾아서 오사카와 사카이, 교토를 다녀왔습니다."

"그러셨군요. 에도 막부는 여전히 외국과의 왕래를 금지하고 기리스탄 탄압에 열을 올리고 있습니다. 개종을 강요하고 '기리스탄 전향증서'를 발부하고 있습니다."

"그러나 해외에서 잠입한 선교사들은 은밀하게 포교 활동을 하고 있으시더군요."

"그 결과 규슈의 나가사키(長崎)와 아마쿠사(天草)에 기리스탄이 늘어나고 있습니다. 특히 아마쿠사는 본토와 멀리 떨어진 섬인 관계로 감시의 눈을 피하기에 안성맞춤입니다."

"아참, 빈센트 권의 소식을 모르시지요? 여기 그 분의 편지가 있습니다."

마스다 진베이는 빈센트 권의 편지를 전하면서 말했다.

"네. 오래 전에 중국으로 가셨다는 편지 한 장을 받고서 그 후 소식이 끊어졌습니다."

"놀라지 마십시오. 그 분은 니시자카 언덕에서 십자가에 묶여서 순교하셨습니다."

"네? 순교라니요? 화형을 당했다는 말씀이신가요?"

줄리아는 지나가는 사람들에게 들릴 정도로 펑펑 울었다. 편지의 내용은 줄리아의 가슴을 후벼팠다.

'줄리아! 편지를 쓰지 않으려고 몇 번이나 망설이다가 이렇게 보낸다. 너와 마찬가지로 조선에서 태어나 일본 땅에 온 지 30년이나 흘렀구나. 그래도 고니시 장군의 십자가 깃발에 이끌려서 주님과 함께 살아온 나날들이 행복하기만 했다.

나의 동생, 나의 사랑, 줄리아를 만난 것도 주님의 뜻이고. 줄리아! 나는 지금 시마바라 감옥에 갇혀있다. 이곳에서 선교활동을 하다가 어느 신자의 밀고로 신부님들과 함께 붙잡히고 말았다. 권력자들이 배교를 종용하지만 그러지는 못하겠구나. 아무래도 살아남지 못할 것이다. 사람은 언젠가 주님의 곁으로 가는 법! 하늘나라에서 만날 수 있겠지? 그래도 강건한 나날을 보내기 바란다. 기도 열심히 하면서. 1625년 12월 오라버니 빈센트 권.'

1626년 6월 20일. 빈센트 권은 나가사키 언덕에서 아홉 명의 다른 사람들과 함께 화형으로 순교했다. 그의 나이 46세였다.

조안 로드리게스 질란에게 쓴 그의 1627년 3월 24일자 서한을 보면 그의 운명은 이미 순교자의 길을 가도록 정해져 있었다.

"당신의 명령으로 이것을 쓰겠습니다. 저는 1592년 조선에서 일본으로 와서 그해 12월 교회에 들어갔고, 이후 신의 은총으로 33여 년 동안 이에 소속되어 왔습니다. 어릴 때부터 성인전이나 영광스러운 순교자의 죽음 이야기를 듣고 어떨 때는 은자가 되겠다는 희망을 갖고, 또 어떨 때는 하느님의 사랑을 위해 생명을 바쳐야겠다고 생각했습니다."

그래도 줄리아에게는 빈센트 권의 순교가 청천벽력이었다. 줄리아가 다소 안정이 되자 마스다 진베이(益田甚兵衛)는 '오래 전에 고즈시마에서 말했던 계획이 곧 행동으로 옮겨진다'고 말했다.

"잘 알겠습니다. 기도하겠습니다."

줄리아는 마스다 진베이와 작별하고서 니시자카 언덕으로 발걸음을 옮겼다. 빈센트 권이 신부들과 함께 화형당한 장소에서 기도했다.

"하느님! 저의 오라버니가 하느님 곁으로 갔습니다. 모든 죄를 용서해 주시고 잘 보살펴주시기 바랍니다."

기도를 마치고 돌아오면서 마리아와 함께 교회를 가던 생각이 났다. 발걸음이 더욱 무거웠다.

• 1637년 12월

일본 규슈의 구마모토(熊本)현 서쪽에 아마쿠사(天草) 제도가 있다. 일본 전체로 보면 8위의 섬으로 면적 1000㎢에 달한다. 그 역사는 16세의 미소년 아마쿠사 시로(天草四朗)로부터 시작된다. 이 섬에서는 1637년 일본 역사상 최초이자 대규모인 무장봉기(一揆)가 일어났다. 그 중심에 아마쿠사 시로(1621-1638)라는 소년이 있었다. 이 봉기를 기리스탄들이 농민과 함께 일으켜서 '기리스탄의 난(吉利支丹の亂)'이라고도 하며, 나가사키의 시마바라와 구마모토의 아마쿠사가 공동 전선을 펼친 관계로 '시마바라·아마쿠사의 난(島原·天草の亂)'이라고도 한다. 이 난의 총대장이 16세의 아마쿠사 시로였다. 당시의 상황에서 상상도 할 수 없었던 일이 벌어졌던 것이다.

아마쿠사 시로의 본명은 마스다 시로(益田四朗)이다. 가톨릭 다이묘 고니시의 낭인 마스다 진베이의 아들이다. 본래 세례명은 제로니모(Geronimo)였으나 전투 당시 프란시스코(Francisco)로 바꿨다. 하라(原)성에서 봉기군과 함께 전사한 비극의 주인공이다.

이 무렵 결정적인 민중봉기를 촉발시킬 만한 참혹한 사건이 벌어졌다. 한 임산부가 차가운 강에서 물고문으로 죽임을 당한 것이다. 이유인즉 밀린 세금 때문이었다. 주민들은 당시 해마다 현물로 바치는 공납으로 수입의 약 50%를 쌀로 바쳐야 했다. 거기에 번(藩)의 기리스탄 박해와 기근에 의한 어려움까지 겹치면서 무장봉기가 발생했던 것이다.

1637년 12월은 숨 가쁘게 돌아갔다. 1일, 시마바라의 무장봉기군은 하라(原)성터에서 농성을 준비했다. 3일, 아마쿠사 시로가 입성했다. 9일, 1만3000명이 각 지역에서 바다를 건너 합류해 무장봉기군은 총 3만7000여 명에 이르렀다. 20일, 막부군 4만 명이 하라성을 공격했으나 봉기군은 세 번에 걸쳐 막아냈다. 전투는 이듬해까지 이어졌다. 1638년 1월 1일 막부군의 총공격에서는 네덜란드의 군함에 의한 포격이 가세했고, 하라성의 포위를 강화하면서 성내의 식량이 떨어지기를 기다리는 작전을 폈다. 2월 27일 서남제도로부터 동원된 연합군 12만5000명이 총공격을 개시했고, 28일엔 하라성이 최후를 맞는다. 막부군과 내통했던 야마다 에모사쿠를 제외하고 시로(四郎)를 비롯한 3만 7000여 명의 봉기군은 모두 죽임을 당했다. 봉기군은 "지금 농성하고 있는 사람들은 다음 생애까지 친구다"라는 유명한 말을 남겼다.

이 전투에서 막부군도 큰 피해를 입었다. 사망 2000명, 부상 1만 명이 나왔다. 전투 이후 아마쿠사는 막부 직할 관리영토가 됐고, 기리스탄 탄압은 더욱 강화돼 1639년에는 최종적인 쇄국령이 선포됐다. 이후 200년 이상 쇄국의 시대가 계속되었으나, 그러한 통제 하에서도 주민들의 신앙생활은 은밀히 계속됐다. 메이지(明治) 6년(1873년) 기리스탄 금제(禁制)가 해제되고, 다음 해에 아마쿠사에 오에(大江)교회가 창립돼 종교 자유의 시대를 열었다.

'시마바라·아마쿠사의 난'은 많은 사람들이 희생되고 일본 막부의 쇄국을 강화시키는 결과를 초래한 실패한 민중봉기였으나, 그것은 끝이 아니라 시작을 의미했다. 후일 문명개화에 뒤떨어진 일본에게 메이지 유신(明治維新)이라는 사회 진화를 위한 '원초적 본능'을 일깨웠던 것이다.

제9장
종언(終焉)

나가사키와 아마쿠사에서 벌어진 참혹하고 안타까운 사연들을 들으며 가슴이 미어진 줄리아는 결심했다.

"어머니처럼 그 누구에게도 흔적을 남기지 않고 다시 고독한 섬 고즈시마로 돌아가리라."

동행자인 '로사리오 회'의 이사벨이 깜짝 놀라면서 말했다.

"아니? 줄리아님! 고즈시마로 돌아가신다고요?"

"혼잣말로 했는데 들으셨군요. 거기는 저의 고향이니까요."

"고향은 조선이신데…유배지가 고향이시다니요? 안 됩니다. 그리고, 연세도 많으시고, 몸도 허약하신데 먼 뱃길은 무리이십니다."

하지만, 이사벨은 줄리아의 고집을 꺾을 수가 없었다. 결국 줄리아는 한많은 생을 마감하기 위한 마지막 발걸음을 다시 고즈시마로 향했다. 이사벨의 말대로 뱃길은 멀고도 멀었다. 그래도 유배지로 가는 뱃길보다는 즐겁고 행복했다. 성서를 읽고 성가를 부르면서 갈매기들을 벗 삼아 물결 따라 흘러갔다. 길고 긴 뱃길이었다.

'하늘나라에 가는 길도 이렇게 긴 뱃길일까?'

몇 밤을 새었는지 모르는 긴 여정을 마친 배가 고즈시마의 부두에 도착하자 많은 사람들이 마중 나와 있었다. 줄리아는 놀라서 입을 다물지 못했다.

"아니 웬일들이십니까?"

"줄리아님! 어서 오세요. 섬으로 돌아오실 줄 알았습니다."

섬사람들은 날이면 날마다, 비가 오나, 바람이 부나, 부두에서 줄리아 오다를 기다리고 있었던 것이다.

***

고즈시마로 돌아간 줄리아 오다는 약초 캐는 일도 땔감 나무를 모으는 일도 더 이상 할 수 없었다. 예전과 달리 기력이 현저히 떨어져서다. 그래도 그동안 혜택을 받은 섬사람들이 나이가 든 줄리아를 보살핀 것은 감사할 일이었다. 줄리아는 하늘을 나는 새들도, 나무들도, 한 포기의 풀까지도 존귀한 존재라고 느꼈다. 모든 것이 나이 탓이기도 했지만.

그래도 바다가 잘 보이는 언덕에 올라서 금빛 바다와 아름다운 해변을 바라보는 일은 커다란 즐거움이었다.

'바다와 해변은 언제나 아름답구나! 반짝이는 물결도…'

실제로 이곳 해변에는 결이 곱고 부드러운 모래, 맑은 물, 균형 잡힌 산호초 해변이 있어 매우 아름다운 풍경을 자아내고 있다. 그 중에서 가장 큰 매력은 해안의 석양이다. 해질녘에는 석양이 바다 전체를 붉은 색으로 물들이고, 그 잔광이 청아한 수

면에 반사되어 황금빛으로 빛난다. 때로는 붉은색 바닷물이 주님의 선혈로 느껴지기도 한다.

이럴 때면 줄리아는 해변을 걸으면서 성가 '보았나 십자가의 주님을'을 부른다.

보았나 십자가의 주님을 보았나
못 박히신 주님을
오-오 석양에 방울지던
선혈 선혈 보았나
매달린 주님을

고니시 장군에 의해서 어린 나이에 일본으로 건너와서 양할머니와 양어머니, 그리고 마리아를 만나 행복한 시간을 보냈던 세월들이 주마등처럼 지나갔다. 그리고 일본을 천하통일한 도쿠가와 이에야스의 뜻을 거슬러서 유배의 몸이 되어 고독한 섬 고즈시마에서 몇 안 되는 사람들에게 복음을 전하면서 수없이 반복되는 봄·여름·가을·겨울을 보낸 세월이 몇 해이런가.

밤이면 별빛이 얼마나 아름다운가. 어린 시절 규슈의 우도에서 할머니와 하늘의 별자리를 보면서 공부하던 일도 새록새록 떠올랐다. 줄리아 오다는 성호를 그으면서 성가 '빛의 하느님'을 불렀다.

고맙기 그지없다. 빛의 하느님

태초에 새 빛으로 세상이루고

날마다 빛으로써 날 정하시니

고맙고 고마워라 빛의 하느님

줄리아 오다는 이제 자신이 할머니의 나이가 되어서 인지 할머니가 했던 말씀들의 의미를 이해할 수 있을 것 같았다.

'과연 나는 항상 하느님께 기도하고 반성하면서 살아왔을까?'

독백이었으나 회한(悔恨)이 서린 목소리였다. 줄리아는 성서를 펼쳤다. 코헬렛 3장을 읽었다.

"하늘아래 모든 것에는 시기가 있고, 모든 일에는 때가 있다. 태어날 때가 있고 죽을 때가 있으며 심을 때가 있고 심긴 것을 뽑을 때가 있다."

'살아있다는 것은 아름다운 일이다. 그렇다고 해서 인간이 영원히 살 수는 없다. 언젠가는 하늘나라 아니, 주님의 곁으로 가야 한다.'

요즘 들어 줄리아 오다의 뇌리를 떠나지 않고 있는 생각이다. 줄리아는 자신의 육신이 점점 가벼워지는 것을 느끼고 있었다. 하루가 다르게 깃털처럼 가벼운 영혼으로 변해가고 있는 것이다.

그러면서 '조선인이면서 원수의 나라 일본에서 살아온 자신의 기가 막힌 일생이 한편으로는 서러운 일이었다'는 상념도 떨쳐버리지 못했다.

"하느님! 저의 죄를 용서해 주세요!"

"아니다. 너는 항상 하루하루를 반성하면서 나의 곁에 있지 않았더냐? 자책하지 말아라."

어디선가 하느님의 음성이 들려오는 듯했다. 하느님의 음성으로 힘이 나는 듯 했으나, 팔의 힘이 스르르 빠져나가고 있음을 느낄 수 있었다. 그래도 어린 시절 모레홍 신부로부터 받은 묵주를 돌리면서 기도했다. 기도는 '고통의 신비'였다.

"예수님께서 십자가에 못 박혀 돌아가시며, 극심한 고통 속에서도 원수를 용서하셨음을 묵상합시다."

자신을 멀고도 먼 고즈시마에 유배시킨 도쿠가와 이에야스를 용서하는 의미있는 기도였다.

사실 일본의 역사를 송두리째 바꾼 '세키가하라 전투'는 배신(背信)의 연속이었다. 정치 세계는 언제나 냉정한 것. 자신의 목적을 위해서는 '동맹' '의리'를 헌신짝처럼 던져 버리는 것이 정치가 아닐까. 이는 동서고금을 막론하고 반복되는 일이라는 것을 줄리아는 다시금 반추(反芻)했다. 정치와 거리가 먼 여인이자 신앙인이지만.

***

아침 햇살이 줄리아의 여윈 얼굴에 어른거렸다. 줄리아는 따스한 햇살에 힘입어 엷게 미소를 지었다. 죽음을 앞둔 사람과는 사뭇 다른 여유로움이 묻어났다. 그래도 눈꺼풀이 납덩이처럼 무거웠기 때문에 햇살을 제대로 바라볼 수가 없었다.

순간 하늘에서 한복을 입은 두 사람의 모습이 불현듯 나타났다. 물론 환영(幻影)이었다. 남자는 갓을 쓰고 흰 두루마기를 입었으며, 여인은 하얀 치마 저고리를 단정하게 입고 있었다. 남자는 옆구리에 의서를 여러 권 끼고 있었고, 여인의 손에는 약재가 가득 들려 있었다. 줄리아는 깜짝 놀라 자기도 모르게 소리를 질렀다.

"아!, 어머니! 아버지!"

비참했던 전쟁의 참화 속에서 헤어져 오랫동안 잊고 지내온 어머니, 아버지의 모습들이 실루엣처럼 떠올랐다. 하지만 두 사람의 모습은 어디론가 이내 사라져 버리고 말았다. 순식간에 일어난 환영이었지만, 60평생 동안 타국에서 일본인의 양녀로 살아오면서도 마음속에는 조선인의 기운이 자리잡고 있었던 것이다.

줄리아는 가뿐 숨을 내쉬면서도 성가 '내 영혼이 주님 안에서'를 불렀다.

내 영혼이 주를 찬송함이여,

나를 구하신 하느님께 내 마음 기뻐 뛰노나니

당신 종의 비천함을 돌보셨음이로다.

이제로부터 만세가 나를 복되다 일컬으리니

내 영혼이 주님 안에서 크게 기뻐하나이다.(후렴)

***

- 1652년의 어느 화창한 봄날.

    줄리아의 영혼은 섬사람들의 성가를 뒤로하고 하느님의 품에 안겼다. 갈매기들이 무리지어 멀리 하늘까지 배웅했다. 하얀 구름들과 함께.

줄리아 오다의 발자취를 찾아서

《1》

• 2008년 5월 17일

　새벽과 아침의 경계의 시각, 나는 도쿄의 다케시바 산바시(竹芝棧橋) 선착장으로 달렸다. 시간적으로 다소 여유가 있었으나 초행길이라 서둘렀다. 오시마(大島), 고즈시마(神津島) 행 선박이 깃발을 펄럭이며 출항 준비를 하고 있었다. 말끔한 제복을 입은 선원들의 손놀림도, 발걸음도 무척 분주했다. 이것저것 챙겨야 할 장비들도 많았다. 바닷길은 항상 위험 요소가 있기 때문이다.

　7시가 가까워지자 사람들이 하나 둘 모여들기 시작했다. 나이가 지긋한 수녀들과 할머니 신자들이 두리번거리면서 여객대합실로 들어섰다. 한눈에 봐도 '줄리아 제(祭)'에 가는 발걸음들이었다. 정각 7시가 되자 동해기선 소속의 제트선(船)은 우렁찬 뱃고동을 한바탕 울리더니 꿈틀거리기 시작했다. 배는 도쿄만(東京灣)을 살짝 밀어내며 잔잔한 물결을 일으키기 시작했다. 바다는 언제나처럼 아름다웠다.

　두 시간쯤 바다 위를 달리던 배는 첫 번째 기착지인 오시마(大島)에 도착했다. 줄리아가 최초로 유배됐던 섬이다. 몇몇 사람이 오르고 내리더니 잠시 기항했던 제트선은 다시 뱃고동을 울리며 파도를 헤쳐 나갔다.

절해의 고도를 실감케 하는 먼 섬이었다. 앞만 보고 달리는 망망대해. 어느 순간 제법 큰 섬이 가물가물 몸체를 드러내기 시작했다.

'아! 고즈시마!'

드디어 목적지인 줄리아 오다의 섬, 고즈시마의 부두에 도착했다. 도쿄에서 정확히 4시간이 걸린 셈이다. 도쿄에서 직선거리로 178㎞인 이 섬까지 객선으로는 13시간 반이 걸린다고 한다. 외딴섬인지라 대부분 민박을 한다. 나는 사전에 예약한 우메다(梅田莊)라는 민박집에 짐을 풀었다.

점심을 마치자마자 곧바로 미사가 이어졌다. 미사는 '줄리아 오다'의 顯彰碑(현창비: 숨어 있는 선행을 밝히어 세상에 널리 알리는 송덕비) 앞 작은 광장에서 열렸다. 미사를 주재한 도쿄 교구(敎區)의 우라노 유우지(浦野雄二) 신부는 잔잔한 목소리로 강론을 이어갔다.

"오늘 우리가 줄리아 오다 님의 '겐쇼히(顯彰碑)' 앞에 모인 이유는 하늘의 뜻입니다. 400여 년 전 조선에서 태어나 도요토미 히데요시(豊臣秀吉)의 조선 정벌에 따른 피해자로서, 이 섬에 유배되어 복음을 전하다 생을 마감한 줄리아 님의 넋을 기리기 위해서 모였습니다. 여러분! 다 같이 기도합시다."

신부의 강론이 끝나자 '주님의 기도'가 있었다.

'하늘에 계신 우리 아버지, 아버지의 이름이 거룩히 빛나시며, 아버지의 나라가 오시며, 아버지의 뜻이 하늘에서와 같이 땅에서도 이루어지소서!'

성가는 '주여 임하소서'.

'주여! 임하소서. 내 마음에 암흑에 헤매는 한 마리 양을 태양과 같으신 사랑의 빛으로 오소서. 오! 주여! 찾아오소서.'

도쿄에서 자발적으로 온 신자들이 불볕더위 아래서도 흐트러짐 없이 성호를 그으며 머리를 숙여 기도하고 찬송하는 모습들이 감동의 연속이었다.

'무슨 힘에 의해서 이들이 이토록 진지할까?'

나는 머릿속으로 의문부호를 그리면서 일본인들에게 물었다. 도쿄의 하치오지(八王子) 성당에서 단체로 온 쓰카모토 세치코(塚本世智子) 씨는 "최근 이런 사실을 접하고 건강이 좋지 않지만 무리해서 오기를 잘했다"며 만족해했다. 도미자와 히데코(富澤日出子) 할머니도 "얼마 전 성당의 주보에 난 글을 읽고 감동해서 처음으로 이 축제에 참석했습니다. 이 사실을 모르고 살아온 저 자신이 부끄럽습니다"고 했다.

미사를 마치고 버스에 나누어 타고 '아리마' 전망대에 올랐다. 꼬불꼬불한 산길을 따라가다가 정상 부근에 이르러 도보로 올라갔다. 높은 십자가 밑에는 '줄리아 종언(終焉: 임종)의 섬'이라는 제목과 함께 이런 글이 새겨져 있었다.

'줄리아 오다는 조선의 전쟁 고아였다. 기리시탄인 아우구스치노(小西行長)에 의해 일본에 와서 그의 양녀로 자랐다. 가톨릭 세례명은 '줄리아'였다. …(중략)… 1612년 기리시탄 탄압에 의해 체포되어 오시마, 니이지마를 거쳐 고즈시마에 이송됐다. …쇼와 45년(1970년) 5월 25일, 제1회 줄리아 제가 시작된 이래 오늘에 이르렀다.'

미사에 참석했던 신부들을 비롯해 참배객들 모두가 십자가 앞에서 고개를 숙였다. 전망대에서 바라본 바다는 너무나 아름다웠다. 줄리아 오다도 이처럼 아름다운 경관을 느낄 수 있었을까. 아니다. 외딴 섬에서 외로움과 고난의 삶을 살아야 하는데 무슨 낭만이 있었겠는가. 철모르는 나이에 이국땅에 잡혀와 한 많은 세월을 살다 이곳에 묻혔으니.

참배를 마치고 내려오자 건너편 비탈진 언덕에 외롭게 서 있는 한 그루의 소나무가 눈에 들어왔다. 風霜(풍상)의 세월을 견디면서 살았을 소나무와 줄리아 오다의 삶이 겹쳐졌다. 다시 버스를 타고 마을로 내려왔다.

인구 2,000명 남짓한 작은 섬마을 골목마다 태극기가 휘날렸고, 곳곳에 늘어선 현수막이 바람에 펄럭였다. 줄리아 오다의 묘지에도 커다란 태극기와 일본기가 교차되어 있었다. 나는 머리 숙여 기도했다.

'당신 곁에 오기까지 400년이 걸렸습니다.'

묘지 주변에는 작은 석상들이 눈물방울 같은 세월을 머금고 서 있었다. '외딴섬에 유배되어 죽은 이름 모를 사람들의 묘지'라 했다. 민초들의 묘지가 줄리아의 묘지를 둘러싸고 있었고, 묘지에는 꽃다발과 과일들이 가득했다. 묘비 중앙에 새겨져 있는 田(전)자는 "십자가를 감추기 위해 그렇게 표기했을 것"이라는 현지인들의 설명도 있었다.

오후 4시부터 공연이 펼쳐졌다. 고즈시마의 전통음악과 춤, 어부의 노래, 고기잡이 등 다양한 프로그램이 진행됐다. 그중에 조선통신사 행렬도 있었다. 모두가 일본인들이 꾸민 무대였다. 사이타마 현에서 온 에토 요시아키(江藤善章) 씨는 팬파이프로 '아리랑'을 연주하더니, 관객 모두에게 '아리랑'을 부르자고 제안했다.

"아리랑, 아리랑 아라리요~ 아리랑 고개를 넘어간다…."

나도 함께 불렀다.

"나를 버리고 가시는 님은 십 리도 못 가서 발병 난다."

아리랑의 의미도 모르면서 멜로디를 따라 어눌한 한국어로 노래하는 일본인들의 모습에서 가슴이 뭉클해졌다.

'세월이 변해도, 국적이 달라도 이 순간만은 모두 하나로구나.'

"오늘 우리들은 줄리아 님의 유덕(遺德)을 기리기 위해서 이 섬에 모였습니다. 가신 님의 뜻을 잘 받듭시다. 그러나 오늘의 세계는 아직도 전쟁과 분쟁이 계속되고 있습니다. 그런 가운데 인간의 존엄성이 상처를 받고 있습니다. 전쟁은 더 이상 일어나지 말아야 합니다. 여러분! 감사합니다. 내년에 또 만납시다."

우라노(浦野) 신부의 맺음말이었다.

'내 집은 어디던가. 반석 위에 서 있는가. 모래 위에 서 있는가… 원하옵건대 하느님이시여! 제게 힘을 주시옵소서!'

어둠이 깔리자 민박집으로 각각 흩어져 식사를 했다. 나는 극성스러운 모기들과 전쟁을 하다가 잠을 설치고, 다음날 뒤풀이 행사에 참가했다. 참배객은 물론 마을 사람들도 많이 모였다. 행사는 떡메를 치는 대회였다. 우리 식으로 인절미를 만드는 것이었다. 절구통에 떡쌀을 넣고 젊은 청년들이 떡메를 들어 시범을 보이자, 참배객들이 번갈아 가면서 경쟁하듯 팔을 휘둘렀다. 이어서 마을 여인네들이 콩가루 인절미, 무 인절미, 쑥 인절미 등을 잘게 썰어 모두에게 나눠 주었다. 김이 모락모락 나는 떡을 먹으면서 모두 행복해했다.

"내년에 다시 만나자"는 마을 촌장 마쓰모토(松本) 씨의 작별 인사와 함께 우라노 유우지(浦野雄二) 신부의 작별사가 마음에 와 닿았다.

"세월이 흘러서 변한다 할지라도 신앙(信仰)이 변해서는 안 됩니다."

고즈시마촌(神津島村)의 산업관광 과장 마에다 히로(前田弘) 씨는 "한때는 한국에서 100여 명의 참배객들이 신부님의 인솔로 왔는데 몇 년 전부터 두절됐다"면서 아쉬워했다.

참배객들은 주최 측에서 제공한 도시락을 하나씩 들고 줄리아 오다가 잠든 섬과 작별했다. 나도 이들과 섞여 섬을 향해 손을 흔들며 배를 탔다. 고즈시마(神津島)가 점점 작아졌다.

수백 년의 세월이 흘렀지만, 줄리아 오다는 훌륭한 성인(聖人) 이었다. 시즈오카(靜岡)의 한 극단에서 줄리아 오다를 주제로 연극을 만든다고 한다. 제목은 성녀유전(聖女流轉) 이란다.

'줄리아 님! 당신은 행복하십니다. 이토록 많은 사람들이 당신을 잊지 않고 있으니까요.'

멀리 바다와 하늘이 맞닿은 수평선에 노을이 빨갛게 물들었다. 하늘과 바다가 하나 되어 수채화를 그리기 시작했다.

《2》

돌아오는 뱃길 내내 나는 줄리아 오다가 일본 사람들로부터 큰 추앙을 받는 데 대해 무척 궁금했다. 어린 나이에 일본으로 가 왜장 고니시의 양녀로 자라면서 기리시탄이라는 이유로 박해를 받으면서도 신앙심을 잃지 않고 어려움을 감내하며 살았던 사실 자체가 일본인들로부터 존경을 받게 된 것이라고 생각했다. 유배지인 고즈시마 사람들에게 복음을 전하면서 생을 마감했다는 것도 그녀가 추앙받는 이유였다.

돌이켜 보면 당시 섬사람들은 대부분 미신을 믿고 있었던 터라 줄리아 오다가 복음을 전파하는 일은 대단히 어려웠을 것이다. 그러나 그녀는 어려운 현실에 굴복하지 않고 섬사람들을 교화시켰다고 한다. 특히 고질병을 앓고 있는 환자들을 위해 산에서 캔 약초로 약을 만들어 그들을 치료하는 일에 정성을 쏟았다. 결국 섬사람들은 줄리아 오다가 신통한 의술을 가진 특별한 여자라고 여기게 되었으며, 이는 곧 섬사람들로부터 존경을 받는 계기가 됐다.

나는 이노우에 아키노리 씨에게 일본인들이 왜 줄리아 오다를 존경하는지를 물었다. 그의 답변이다.

"제가 줄리아 오다를 존경하는 이유는 나가사키의 니시자카(西坂) 언덕에서 십자가에 매달려 순교를 당한 26성인(聖人)에 버금가는 순교자이기 때문입니다. 줄리아 오다님도 이들과 같은 성인의 대열에 끼어야 한다고 생각합니다. 오늘날 일본 사회는 줄리아님과 같은 순수성을 지닌 사람이 없습니다. 동정녀 줄리아님을 통해 인간의 순수성과 존엄성을 배워야 합니다. 시류에 얽매여 자신을 팔아버리는 현실이 안타까울 따름입니다. 저는 내년의 행사에도 다시 참여할 예정입니다."

도요토미 히데요시의 천주교 박해에 이어 일본 천하를 통일한 도쿠가와 이에야스는 "기리시탄이 신도(神道)와 불법을 방해하고 있다"며 금교령을 내렸다. 도쿠가와 이에야스는 "기리시탄이라면 이가 갈린다"며 "오다 줄리아를 일본 땅 밖으로 추방하라"고 강하게 명령했다.

줄리아 오다는 이 섬에서 40여 년 살다가 생을 마친 것으로 알려져 있다. 줄리아가 사망한 후에도 섬사람들은 그녀를 섬의 수호자로 받들게 되었으며, 그 전통이 오늘에 이르게 된 것이다.

고즈시마는 절해고도로 정치범들이 유배되던 '일본 밖'의 땅에 해당하는 곳이다. 섬에 유배된 사람은 섬에서 생을 마감해야 했고, 유배자들이 사망해도 유해가 섬 밖으로 나갈 수 없고 섬에 묻혀야 했다. 줄리아 오다가 처했던 박해에 대해서는 일본에 온 마치우스라는 선교사가 예수회 앞으로 보낸 보고서(1613년 1월 12일자)에 자세하게 실려 있다.

섬사람들은 아무런 영문도 모른 채 줄리아 오다의 묘지에 참배했으며, 이 묘지에 참배하면 병이 낫고, 소원도 이루어졌다는 소문이 돌았다.

출생 신분과는 상관없이 줄리아 오다는 일본인들로부터 많은 사랑을 받고 있었다. 수백 년이 지난 오늘도 이런 사랑이 이어지고 있는 것이 다행스러운 일이라고 해야 할까? 슬픈 일이라고 해야 할까?

《3》

"나는 저 아이의 장래가 걱정이 되어 견딜 수가 없구나. 예쁘게 생긴 데다 어미를 닮아 정(情)이 깊고 외곬으로만 생각하는 기질이 있어서… 이대로 이국땅으로 끌려간다면 어떻게 될까?"

일본 작가 모리 레이코(森禮子)의 소설 『삼채(三彩)의 여인』에 들어 있는 한 대목이다. 이 소설은 조선에서 일본에 끌려간 실존 인물 '줄리아 오다'를 주인공으로 하고 있다. 물론, 역사적 사실과 작가의 상상력이 혼재돼 있다. 소설 속의 또 다른 상황은 더욱 아프고 저리다.

"며칠 후의 이른 새벽. 포로들과 그들의 가족은 작은 배에 실려 바다 위에 떠 있는 큰 군선(軍船)으로 옮겨졌다. 배에는 이미 많은 포로들이 잡혀와 있었고, 배 전체는 울음바다가 되어 통곡하고 있었다."

나는 이 소설을 읽으면서 임진왜란 때 포로의 몸으로 일본으로 끌려간 민초들의 '통곡' 소리가 400년이 훨씬 지난 지금 이 순간에도 큰 울림으로 다가오는 것 같았다. 그래서 전쟁은 슬픈 것이다.

여자아이는 그 후 어떻게 되었을까.
조선 침공 선봉장 고니시는 일본으로 끌려간 조선인 포로들 중

많은 수를 천주교 신자로 만들었다. 여자 아이는 그중의 한 명이다. 아이의 출생지, 생년월일, 가족관계 심지어 이름까지도 알 수 없다. 하지만, 나는 그 아이의 출생지를 평양으로 보고 있다. 여러 가지 자료를 근거로 한 것이다. 출생년도는 1590년 전후이다. 일본으로 건너간 아이는 1596년 5월 일본에서 활동하던 '베드로 모레홍(Petro Morejon)' 신부로부터 세례를 받고 천주님의 품에 안겼다.

돌아가라 나의 푸른 새 메마른 느릅나무의 가지 곁으로
네가 없는 오오 세상 속은 아침 해조차 떠오르지 않아
"..."
불타라 여름의 십자가 남쪽 하늘 높이
밤의 어둠을 비추는 별자리는 눈물의 샹들리에
마치 무지개처럼 꿈으로 사라진 줄리아.
"..."
사랑의 끝을 알리듯이 찢겨진 나의 로자리오

일본의 유명 밴드 '서던 올 스타스(Southern All Stars)'가 예로부터 내려온 전설을 바탕으로 작사·작곡한 노래 '꿈으로 사라진 줄리아'이다. 무심코 노래를 하던 그들도 아연실색했다. 전설이 아닌 실제로 존재했던 사실이었기 때문이다.

나는 '줄리아 오다의 블랙박스'를 찾기 위해서 17여 년 동안 일본을 뒤지고 다녔다. 더불어, 조선 침략 제1선봉장이면서도 천주교인이었던 '고니시', 서양인으로서 조선 땅을 최초로 밟은 '그레고리오 데 세스페데스(Gregorio de Cespedes)' 신부 등 관련자들에 대해서도 열심히 탐구했다. 역사의 파편들을 주섬주섬 모은 것이다.

이야기의 핵심은 역사적 정설을 바탕으로 하되, 사실과 다른 허구가 제법 섞여 있다. 흩어진 파편들을 모아서 퍼즐을 맞추다 보니 어쩔 수 없었다. 현장감을 살리기 위해 일본의 여러 서적 중에서 그대로 인용한 문장도 있음을 솔직하게 밝힌다.

***

사람들은 누구나 자기에게 처해진 운명적인 길을 걷는다. 문제는 그 길 속에서 '무엇을 찾을 것인가?'가 중요하다.

신앙인으로서, 정절 여(女)로서, 자신과 종교를 굳건하게 지킨 조선의 여인 '줄리아 오다'.

또 하나, 일본을 천하통일한 최고의 권력자이면서도 '젊은 여인에게 연정을 품었다'는 것이 다소 부끄럽기도 하겠지만, 그래도 자신이 얼마든지 권력을 휘두를 수 있었음에도 불구하고 자제했던 도쿠가와 이에야스. 나는 두 사람 모두에게 박수를 보내고 싶은 마음이다. 오늘날도 돈과 권력으로 어린 딸들을 유린하고 있는 사람들이 존재하기 때문이다.

또 하나, 평양성에서 후퇴하면서 길바닥에서 울고 있는 여자 아이를 양녀로 키웠고, 그녀에게 신앙심을 키워주었으며, 종교를 위해서 스스로 자결을 한 고니시의 신앙심도 좋아 보인다. 조선을 침략한 왜장의 신분은 별도로 하고서.

그리고, 세스페데스 신부에 대한 논란을 되짚어 본다. 경남 창원시가 임진왜란 때 왜군 장수 고니시의 초청으로 조선에 와서 진해의 왜군이 주둔한 성에 머물며 미사를 집전하는 등 왜군을 상대로 선교 활동을 했던 스페인 출신 세스페데스 신부를 기념하는 공원을 만들었다. 하지만, '세스페데스 신부의 행적이나 민족 정서 등을 고려할 때 지방자치단체가 나서 그를 기념하는 공원까지 만드는 것은 적절하지 않다'는 비판이 곳곳에서 나왔다.

세스페데스 신부는 일본에서 선교 활동을 했던 인물로, 천주교 신자이면서 임진왜란 때 왜군 선봉장으로 조선에 쳐들어왔던 고니시의 초청으로 1593년 12월 조선에 온 것은 역사적 사실임에 틀림이 없다. 그는 1595년 6월까지 고니시가 주둔했던 진해의 웅천 왜성에 머물며 왜군 천주교 신자들을 대상으로 강론을 하고, 이교도(異敎徒)들에게도 세례를 주는 등 선교 활동을 했다. 논쟁의 초점은 그가 왜군의 종군 신부이자 '조선인을 상대로 선교 활동을 했다'는 기록이나 증거가 없다는 점이다.

'복음 전파를 위한 측면도 무시할 수 없다'는 주장도 설득력이 있다. 외국어대 박철 교수는 저서 『세스페데스』에서 다음과 같이 밝히고 있다.

'세스페데스 신부의 조선 방문은 전쟁 중 천주교 신자인 일본의 다이묘들을 따라 이루어졌으나, 지금까지 국내 문헌에서 기술하는 것처럼 일본군의 종군 신부로서 조선까지 따라온 것이 아니라, 복음 전파를 위한 포부를 갖고 순수하게 선교 사업의 일환으로 조선 땅을 밟았다고 볼 수 있다. 세스페데스 신부를 적대 감정으로 폄하하는 것은 잘못이라고 본다.'

그리고 조선에 대한 또 다른 기록물도 눈여겨볼 필요가 있다. '루이스 프로이스'가 쓴 『임진난의 기록』이다.

'이 나라(조선)는 풍요해 쌀과 밀이 많이 난다. 과일로는 배와 호두, 무화과, 밤, 사과, 잣 등이 있으며, 무한량의 꿀, 약간의 비단, 많은 면화와 마(麻)가 난다. 금광이나 은광은 부족하다고 한다. 말과 소가 많고 양종의 조랑말과 나귀가 있다. 전 국토에 호랑이가 서식하고 있으며, 이외의 많은 동물들이 있다. 그들이 만든 수공예품은 마무리를 잘해 솜씨가 좋음을 보여준다. 사람들은 살갗이 희고 활기차며 대식가이고 힘이 아주 세다.'

나는 이러한 사실을 토대로 현장 취재와 자료를 통해서 17년 만에 소설 '줄리아 오다'를 완성했다. 이 책에 나오는 역사적 사실과 날짜가 서로 다를 수 있다. 음력과 양력이 혼재되어 있기 때문이다.

***

2023년 4월 일본에서 공개된 줄리아의 남동생이 썼다는 편지는 한국과 일본 그리스도교 사학계에 큰 반향을 일으켰다. 그간 추측이 무성했던 줄리아의 이름과 출신 배경을 직접 확인할 수 있었기 때문이다.

한때 줄리아가 왕족인 전주 이씨라는 설이 제기됐지만, 편지에서 그는 자신이 김씨 양반가 출신이라고 밝혔다. '한성(서울)에서 '제운대군절도사(濟運大軍節度使)'로 불린 왕의 측근 김세왕온(金世王温)과 부인 홍씨 사이의 다섯 자녀 중 차녀'라고 소개한 것이다. 한편, 국내 사료에는 '제운대군절도사'와 '김세왕온'이라는 이름을 찾아볼 수 없어 교차 검증이 필요하다.

'줄리아 오다'에 대한 이야기는 이처럼 그녀의 삶만큼 다양하다. 전설처럼.

이 씨일까? 김 씨일까? 오타아일까? 오타일까? 오다일까?

세례명 '줄리아' 외에 성씨(姓氏)에 대해서는 아무도 정확한 결론을 내릴 수 없다. 나는 '조선에서 오다'라는 뜻에서 줄리아의 성이 '오다'가 되었으리라는 가설에 동의한다..

분명한 것은 그녀가 조선에서 태어났고, 임진왜란 당시 왜군의 선봉장이었던 고니시에 의해 일본으로 보내져 그의 양녀로 자랐으며, 일본을 천하통일한 도쿠가와 이에야스로부터 '종교를 버리고 나의 후궁이 되라'는 명령을 거부하고 절해의 고도 고즈시마로 귀양을 갔지만, 외딴섬 고즈시마에서도 충실한 주님의 자녀로서 생을 마감했다는 사실이다.

***

이 책이 나오기까지 많은 지원을 해주신 모든 분께 감사드린다. 그리고 이 소설의 출판을 위해 열과 성을 다 해주신 이너젠 출판사의 문정주 대표께도 감사드린다.

줄리아 오다의 발자취

줄리아 오다의 유배길 (도쿄에서 고즈시마까지 직선거리로 178km)

줄리아 오다 송덕비

매년 5월이면 일본의 많은 카톨릭 신자들이 이 비석 앞에 모여 미사를 드린다.

십자가 (줄리아 오다가 고국을 바라보던 언덕 위에 세워져 있다)

고즈시마 섬에 있는 줄리아 오다의 묘지

[참고 자료 및 문헌]

· サラン 哀しみを越えて(荒山徹, 文藝春秋)
· 遥かなる高麗(Ruiz de Medina, Juan G, 近藤出版社)
· 한국천주교 전래의 기원(메니나 신부/박철 옮김)
· 임진난의 기록(루이스 프로이스)
· 도요토미히데요시(사카이 다이이치/임희선 옮김) 1, 2, 3, 4권
· 도쿠가와 이에야스(야마오카 소하지/이길진 옮김) 1, 2권
· 숙적(엔도 슈사쿠/조양욱 옮김) 1, 2권
· 세스페데스(박철)
· 삼채(三彩)의 여인(모리 레이코, 森禮子)
· 일본에 남은 임진왜란(노성환) 외 다수

성녀, 줄리아 오다

초판 인쇄 2025년 9월 25일 초판 발행

저　자 | 장 상 인
펴낸이 | 문 정 주
편집장 | 이 인 자
펴낸곳 | 도서출판 (주)이너젠
주　소 | ⓤ 08600 서울시 금천구 금하로1길 85
전　화 | (070) 4113-0337(代)
팩　스 | (0504) 391-3342
이메일 | innozen88@naver.com

값 20,000원
ISBN 979-11-993668-2-4

※ 잘못 만들어진 책은 구입하신 서점에서 친절하게 바꿔드립니다.
　본 도서 내용의 전부 또는 일부를 무단 복사하거나 전재하는 것은 저작권에 위배됩니다.
　반드시 저희 출판사의 사전 허락을 서면상으로 받으시기 바랍니다.